세상 가장 행복한 연애를 하고 싶은,

나만 불행한 연애를 끝내고 싶은,

남들 다하는 연애 한번 해보고 싶은,

사람들에게

CHAPTER 1.
사람을 알아야 연애가 보인다

CHAPTER 2.
사랑을 부르는 말과 행동, 사랑을 멀어지게 하는 말과 행동

CHAPTER 3.
연애에 실패하지 않기 위해 알아야 할 단계별 · 상황별 사랑법

CHAPTER 4.
당신이 행복한 연애를 하는 방법

CHAPTER 5.
사랑할 때 알아야 할 것들

CHAPTER 6.
알면 도움되는 시시콜콜한 연애상식

CHAPTER 1.
사람을 알아야 연애가 보인다

001
달라도 너무 다른 남자와 여자의 연애심리

1. 여자는 단계적, 남자는 한 번에

여자는 단계적인 관계 발전을 원하지만 남자는 단번에 관계를 완성하고 싶어 한다. 남자의 이런 성급함이 여자에게 부담이 된다.

2. 여자의 내숭, 남자의 허세

남자는 여자의 내숭에 놀라고 여자는 남자의 허세에 질린다. 내숭이든 허세든 적당히가 중요하다.

3. 여자는 칭찬, 남자는 인정

여자는 칭찬에 웃고 남자는 인정에 감동한다. 소소해도 칭찬을 자주 하는 남자, 남자의 장점과 가능성을 인정하는 여자는 늘 주변에 이성이 가득하다.

4. 여자의 수다, 남자의 과묵함

여자는 시시콜콜한 일도 남자와 공유하고 싶다. 그래서 수다스럽다. 남자는 종종 이런 여자의 이야기에 집중하지 않는다. 연애에 필요한 건 과묵함이 아니라 적극적인 호응이다.

5. 여자는 모른 척, 남자는 아는 척

여자는 남자의 관심을 받기 위해 알아도 모른 척한다. 남자는 반대다. 관심받기 위해 몰라도 아는 척한다.

6. 여자는 공감, 남자는 조언

여자는 남자의 고민에 공감하고 위로한다. 남자는 여자의 고민을 분석하고 조언한다. 섣부른 남자의 조언이 종종 싸움을 부른다.

002

여자들을 답답하게 만드는 남자들의 10가지 습성

1. 용건 있을 때만 말하기

많은 남자가 목적이 있을 때만 말을 한다. 연설이나 지시하는 느낌의 대화가 되기 쉽다. 여자 입장에서 얼마나 답답하고 짜증 나는 일인지 남자는 모른다.

2. 공감 대신 충고

남자는 문제 해결형이다. 연인과의 대화에서도 논리 중심적으로 대화하고 충고를 하려고 한다. 들어주기만 해도 충분하다는 사실을 모른다.

3. 결론만 말하기

남자는 '돌려 말하기'를 이해하지 못한다. 요점만 간단하게, 결론만 말하는 습관이 있다. 핵심을 말한다고 착각하지만 과정에서 필요한 배려가 없어 여자는 종종 상처를 입는다.

4. 단일 모드

남자는 일할 때는 일만 생각한다. 일하다가 여자친구에게 다정한 말로 문자를 하기 힘들다. 근무 중에 답장이 늦는 이유다. 멀티태스킹이 가능한 여자들은 일을 하면서도 남자를 위해 애교 있는 문자를 보낼 수 있다.

5. 흘려듣기

흥미가 없다고 생각하는 내용의 대화는 흘려듣는 경향이 크다. 여자친구가 했던 이야기를 기억하지 못하는 이유다. 남자친구 얘기가 재미없어도 집중해서 듣고 적절한 리액션을 해주는 여자와는 다르다.

6. 혼자만의 침묵

남자는 말하지 않아도 알 거라고 생각하고 여자친구에게 자세한 얘기를 하지 않는 경향이 있다. 하지만 여자는 독심술사가 아니다. 이런 남자들의 경향은 싸움과 오해의 씨앗이 된다.

7. 인색한 칭찬

남자의 칭찬을 바라는 여자와 달리 칭찬에 인색한 남자가 많다. 칭찬에는 돈이 들지 않는다. 아까워하는 건 바보짓이다.

8. 여자 감정에 대한 몰이해

남자들은 나쁜 기억이 있어도 쉽게 흘려버린다. 하지만 여자는 쌓인 감정을 쉽게 털어버리지 못한다. 자기가 나쁜 감정을 다 털어버렸다고 여자도 그럴 거라고 생각하는 실수를 저지른다.

9. 눈치 없음

여자에 비해 남자는 표정, 몸짓, 목소리 톤 등 행동을 통해 보이는 커뮤니케이션 요소들을 빨리 알아차리지 못한다. 분위기 파악을 못하고 화를 낼 때까지 실수를 반복한다.

10. 상황 회피

남자가 침묵하면 코너에 몰렸다는 뜻이다. 일종의 무시를 통해 상황을 만회하려는 태도인데 상황을 더욱 나쁘게 만든다.

003

사소한 행동 속에 숨어있는 남자들의 심리

1. 손을 비비는 행동

대화 도중 무의식적으로 손바닥을 비빈다는 건 긍정적인 기대를 하고 있다는 의미다. 곧 눈앞에 이성에게 호감이 있다는 뜻이다.

2. 소매를 걷는 행동

소매를 걷는 것은 적극성을 어필하는 행동이다. 팔뚝에 대한 자신감에서 나오는 행동으로 적극적으로 대시하겠다는 의지의 표현이기도 하다.

3. 대화하며 팔짱 끼기

대화 중 웃으면서 팔짱을 끼는 행동은 상대 이야기를 경청하고 있다는 뜻이다. 상대의 이야기를 놓치기 싫다는 의미다.

4. 물건을 만지작거리는 행동

주변 물건을 만지는 행동은 긴장을 하고 있다는 뜻이다. 긴장을 해소하기 위해 주변 물건을 만지는 것이다.

5. 미러링 행동

남자가 여자 행동을 따라 한다면 그만큼 친밀감을 느낀다는 뜻이다. 눈앞에 이성에게 편안함을 느끼고 있다.

6. 얼굴을 만지는 행동

대화 도중 얼굴을 자주 만지는 행동은 여자에게 약한 모습을 보여주기 싫다는 표현이다. 주로 난처한 상황에 처했을 때 나타난다.

7. 윗 단추를 푸는 행동

말하는 도중 아무렇지 않게 윗 단추를 푼다면 당신에 대한 경계심을 풀었다는 의미다. 함께 있는 순간이 어색하지 않고 편안하다는 증거다.

004

연애 경험 적은 남자들의 좋지 않은 특징들

1. 자꾸 만나자고 보챈다

지나치게 보자고 난리다. 자주 보는 게 꼭 연애의 기본이라고 생각한다.

2. 어색하면 술을 찾는다

술 마시면서 친해지는 건 남자들 사이의 일이다. 이성과의 관계는 공감에 의해 발전한다는 걸 모른다.

3. 꼬치꼬치 캐묻는다

말하고 싶지 않은 사소한 것까지 꼬치꼬치 물어 짜증 나게 한다. 이것저것 묻는 게 관심이라고 착각한다.

4. 돈을 혼자 다 쓰려고 한다

돈 많이 쓰는 남자가 좋은 남자라는 구시대적 사고를 갖고 있다. 돈만 쓰면 여자가 좋아할 거라는 생각한다. 여자가 부담을 느끼는 건 모른다.

5. 허세 작렬

눈에 뻔히 보이는 허세를 부린다. 여자가 자신의 허세를 꿰뚫어 보고 있다는 사실을 모른다.

6. 오버해서 웃기려고 한다

무리한 설정과 오버로 웃기려고 한다. 웃기면 다행인데 안 웃겨서 문제다.

7. 자기 관심사만 말한다

자기가 관심 있는 건 여자도 관심 있을 거라고 생각한다. 여자가 지루해하는 줄도 모르고 주야장천 자기 관심사만 말한다.

005

연애 시작하면 힘들게 할 남자친구 유형

1. 공감 능력 떨어지는 남자

힘들 때 사랑하는 연인의 위로를 바라는 건 당연한 일이다. 공감 능력이 떨어지는 남자는 여자의 상황과 마음을 이해하지 못한다. 이런 사람과 연애하면 늘 외롭고 공허하다.

2. 친구가 너무 많은 남자

자기 삶이 너무 없는 것도 문제지만 친구가 너무 많은 사람도 연애 상대로는 별로다. 친구가 우선인 경우가 많아 연인을 외롭게 한다. 더 최악은 여사친이 많은 경우. 늘 불안한 연애를 해야 한다.

3. 취미에 너무 몰입하는 남자

건전한 취미를 갖는 건 중요하지만 지나치게 몰두하는 유형이라면 역시나 외로운 연애를 하게 된다. 연애보다 취미가 앞서면 상대는 서운함을 느낄 수밖에 없다.

4. 정이 부족한 남자

다정하지는 않아도 기본적으로 정이 있어야 하는데 종종 냉정할 정도로 차가운 남자가 있다. 서운함과 서러움으로 힘든 연애가 된다.

5. 우유부단한 남자

결정 장애를 가진 남자는 사소한 결정도 여자에게 미루려 한다. 모든 결정의 순간이 스트레스로 다가온다.

6. 연락 잘 안되는 남자

선천적으로 연락하는 걸 귀찮아하는 남자가 있다. 혹은 다른 이유로 연락이 안 되는 남자도 있다. 어떤 경우든 연애 상대로는 최악이다.

7. 스킨십에 집착하는 남자

연애의 목적이 스킨십인지 착각할 정도로 스킨십에 집착하는 남자가 있다. 내가 좋은 건지 내 몸이 좋은 건지 헷갈린다면 좋은 연애 상대는 아니다.

006
남자가 정말 좋아하는 여자에게만 보이는 특별한 행동들

1. 최대한 거절하지 않는다

정말 하지 못할 상황이 아니면 여자의 부탁을 절대 거절하지 않는다. 할 줄 모르면 방법을 찾아서라도 해결하려고 한다.

2. 모르는 분야도 관심을 갖는다

자신이 잘 모르거나 관심 없는 분야의 이야기도 집중한다. 여자가 좋아하는 건 자기도 좋아하려고 노력한다.

3. 바쁘다는 말을 하지 않는다

정말 바쁘다면 언제 다시 연락하겠다고 미리 얘기한다. 여자와의 약속을 먼저 잡고 그 약속을 피해 나머지 스케줄을 잡는다.

4. 여자와 닮아간다

처음에는 전혀 다른 취향, 입맛, 관심사를 가졌었지만 어느새 여자를 닮아 모든 것이 비슷해진다. 억지로 맞추는 것이 아니라 행동에서 비슷함이 드러난다.

5. 연락 안 되는 경우가 없다

절대 연락 문제로 속 썩이지 않는다. 늘 연결돼 있다는 느낌이 들 정도로 연락이 완벽하다.

6. 등을 잘 보이지 않는다

먼저 돌아서 가는 경우가 거의 없다. 데려다주고, 차 태워주고, 먼저 안전하게 여자를 들여보낸 후 그제서야 돌아선다.

7. 좋아하는 것도 기꺼이 양보한다

친구나 형제라면 절대 양보하지 않을, 자신이 좋아하는 것도 기꺼이 양보한다. 지금 이 순간 가장 좋아하는 게 눈앞에 있는 여자이기 때문이다.

007
여자가 남자에게 호감을 느낄 때 보내는 7가지 신호

1. 연약한 행동을 보일 때

철도 씹어먹을 것 같더니 어느새 남자 앞에서 순한 양이 된다. 번쩍번쩍 잘 들던 무거운 물건들도 무거워서 낑낑거린다.

2. 질투가 날까 말까 애매한 행동

남자 주변 친구들, 회사 동료를 칭찬하면서 은근히 눈치를 본다.

3. 눈을 못 마주치고 자꾸 깜빡일 때

자주 눈이 마주치지만 금세 다른 곳으로 눈을 돌린다. 그리고 귀엽게 눈을 깜빡인다.

4. 나의 이상형에 관심을 보일 때

키 작은 여자 어때요? 키 큰 여자도 상관없어요? 등 내가 좋아하는 여자 스타일을 물어본다.

5. 어딘가 불안해 보일 때

남자와 함께 있을 때 시선이 불안하고 말을 자주 더듬는 등 계속 무언가 불편해 보인다.

6. 목소리 톤이 업 될 때

다른 사람과 이야기할 때와는 다르게 남자와 얘기할 때 애교 섞인 콧소리가 나온다.

7. 스킨십이 자주 발생할 때

은근 슬쩍 남자의 팔이나 손, 어깨를 터치한다.

008
남자가 당신에게 집중하고 있는지 알 수 있는 6가지 방법

1. 머리카락을 만지는

자기표현 욕구를 억누르고 있다. 당신의 얘기에 공감하지 않고 듣고만 있다는 뜻이다.

2. 수중의 물건을 자꾸 만지는

현재 대화가 지루하고 불만족스럽다고 느낀다 이런 사람은 모든 관계를 부정적으로 보는 경향이 높다. 연애하기 쉽지 않은 타입.

3. 계속해서 눈을 맞추는

평소 불안하고 외로움을 잘 타는 유형이다. 주변에 마음에 맞는 사람이 많지 않다. 인간관계 형성에 어려움을 겪는 타입.

4. 이상한 타이밍에서 맞장구치는

이야기를 빨리 끝내고 싶다는 뜻이다. 이 대화에 관심이 없다는 걸 숨기고 싶지만 본심을 100% 감출 순 없다.

5. 턱을 만지는

대화 상대를 충분히 자신이 원하는 대로 할 수 있다는 자신감의 표현. 적극적인 행동 혹은 제안을 할 가능성이 높다.

6. 눈을 자주 깜빡이는

눈을 자주 깜빡이는 건 그만큼 긴장했다는 증거다. 상대 얘기에 좀 더 적극적으로 반응한다면 대화가 한결 부드러워질 수 있다.

009

당신을 좋아하는 남자가 보내는 8가지 신호

1. 몸이 당신에게 향한다

당신에게 집중하고자 무의식적으로 몸이 당신에게 향한다. 앞에 앉아 대화하는 남자의 몸이 자신을 향해 구부러져 있다면 당신에게 관심이 있다고 믿어도 된다.

2. 잦은 아이 콘택트

눈이 자주 맞는다는 것은 그만큼 그가 당신을 자주 바라보고 있다는 뜻이다. 눈이 마주친 순간 미소라도 보여준다면 상대의 마음을 쉽게 뺏을 수 있다.

3. 머리카락을 만진다

대화 중 머리카락을 만지는 것은 그만큼 긴장했다는 뜻이다. 여유 있는 척하고 싶지만 머리카락을 만지는 것은 좋아하는 여자 앞에서 순간 긴장했기 때문이다.

4. 말이 빨라지거나 말이 없어진다.

좋아하는 사람 앞에서 가장 먼저 바뀌는 것이 말투다. 당신 앞에서 평소보다 말이 빨라지거나 침묵하는 남자라면 당신에게 반한 것이다.

5. 과도한 친절함

당신에게 쓸데없이 혹은 부담스럽게 친절한 남자가 있다면? 생각보다 몸이 먼저 반응하는 것이 남자다. 당신을 좋아하는 마음이 조금은 과한 친절함으로 나타난 것이다.

6. 이것저것 질문이 많다

좋아하는 여자라면 하나라도 더 알고 싶은 법이다. 당신을 궁금해하고 이것저것 많이 묻는다면 당신에게 특별한 감정을 가지고 있는 것이다.

7. 작은 변화도 캐치

머리를 잘랐거나 새로운 신발을 신었거나, 대부분이 잘 모르는 변화를 캐치하는 남자라면 온 신경을 당신에게 집중하고 있는 남자일 가능성이 크다.

8. 당신에게만 유독 차갑다

당신에게만 유독 차갑거나 관심 없는 척하는 남자가 있다면 반대로 생각하면 된다. 보통 연애 경험이 적거나 소극적인 남자들이 자신의 감정을 제대로 표현하지 못한 결과다.

010
연상의 남자가 이상형인 여자의 심리

1. 의지할 수 있는 듬직함

연륜에서 나오는 여유, 무슨 일이든 침착하게 해결하는 모습에 매력을 느낀다.

2. 경험 없는 남자보단 경험 많은 남자

경험 없는 남자보다 경험 많은 남자와의 연애를 선호하는 건 당연하다. 경험 많은 남자는 굳이 말하지 않아도 여자를 편안하게 해준다.

3. 경제적인 부담이 덜하다

연하나 동갑을 만나는 것보다 연상을 만나는 게 경제적으로 부담이 덜된다. 연애에서도 경제적 요인을 배제할 순 없다.

4. 조언자가 필요할 때

친구나 연하보다는 연상의 조언이 더 현실적이고 구체적인 경우가 많다. 연인이자 조언자로서 연상의 가치가 더 크다.

5. 이해받는다는 느낌이 든다

또래 남자보다는 연상이 다투는 일이 적다. 사람 나름이지만 보통 연상의 양보와 배려가 크기 마련이다. 여자는 이해받는다는 느낌이 든다.

6. 아빠에게 큰 사랑을 받지 못한 경우

아빠가 없거나 무관심한 가정에서 자란 여자는 연상 남자의 관심에 대한 결핍이 있다. 아빠 대신 나를 사랑해 줄 사람을 원한다.

CHAPTER 2.
사랑을 부르는 말과 행동,
사랑을 멀어지게 하는 말과 행동

001
연애 세포 팡팡 터지는 이성의 설레는 말들

1. 너 원래 ~~하잖아

너 원래 이거 좋아하잖아, 너 원래 이거 싫어하잖아 등등. 내가 싫어하고 좋아하는 걸 굳이 말하지 않아도 먼저 챙겨주고 배려해 주는 말과 모습에 설렐 수밖에 없다.

2. 넌 특별해

누군가에게 특별한 존재로 여겨지는 건 참 고마운 일이다. 이성에게 이런 말을 들으면 특별한 마음이 생긴다.

3. 내가 있잖아

내가 해결하지 못한 일을 자신 있게 나서 해결해 주는 사람이 특별해 보이는 건 자연스러운 일이다.

4. 지금 뭐 해

나의 일거수일투족에 관심을 갖는 말에 없던 마음도 생기기 마련이다.

5. 오늘 좀 달라 보이네

작은 변화도 눈썰미 있게 알아보고 '달라 보인다'라며 칭찬해 주는 말은 오래 기억이 남는다.

6. 너 어디야

아무도 나에게 관심이 없다고 느낄 때 걱정되는 목소리로 나를 찾는 사람 덕분에 우울함이 날아간다.

7. 보고 싶다

누구나 언제든 '보고 싶다'라는 말이 '듣고 싶다'.

002
남자친구가 해주면 여자친구 자존감 두 배로 높여주는 말들

1. 보고 싶어. 지금 갈게 잠깐 나올 수 있어?

2. 살쪄도 예쁘니까 많이 먹어

3. 아프지 마. 네가 아프니까 걱정돼서 아무것도 못 하겠어

4. 너보다 중요한 게 어딨어?

5. 고마워, 날 사랑해 줘서

6. 난 너 없이는 안 될 거 같아

7. 내가 더 많이 사랑해

003
행복하게 연애하는 커플들의 꼭 배워야 할 10가지 대화법

1. 따져서 이길 수 없다

2. 농담이 모두 용서되는 것은 아니다

3. 사랑이라는 이름으로 모든 잔소리가 용서되진 않는다

4. 과거를 묻지 마라

5. 애교는 여자의 전유물이 아니다

6. 상대방은 내가 아니다. 나처럼 생각하고 행동하라고 하면 안 된다

7. 꼭 답을 들어야 한다고 생각하지 마라

8. 립 서비스라도 상대를 기분 좋게 하는 말을 자주 하라

9. 다정한 눈빛으로 말해라

10. 말을 하고 행동으로 반드시 실천하라

004
관계를 망가뜨리는 생각없는 연인의 한마디

1. 또 시작이네

같은 잘못을 반복하는 자신에 대한 반성은 없다. 상대를 괜히 아무것도 아닌 걸로 괴롭히는 이상한 사람으로 만든다.

2. 미안해, 됐어?

영혼이 1도 없는 사과. 단순히 지금 이 짜증 나는 상황을 모면하려는 말이다.

3. 몰랐어

몰랐을 수도 있다. 하지만 상대가 듣고 싶었던 말은 '몰랐다'라는 말이 아니라 '미안, 서운했어?'다.

4. 그만하자

대화를 그만하자는 건지 관계를 끝내자는 건지 헷갈리는 말이다. 듣는 순간 서럽고 서운해진다.

5. 나 원래 이래

연애를 통해 서로 발전하는 사람이 되는 건 안되는 걸까? '나 원래 이래'라는 말은 관계를 위해 노력할 마음이 없다는 말이다.

6. 미안하다고 했잖아

미안하다는 말만 하면 다 되는 줄 아는 사람이 있다. 반대로 생각해보자. 미안하다는 말 한마디면 마음이 다 풀릴까.

7. 어쩌라고

반성은 없고 뻔뻔함만 남았다. 본격적인 싸움을 부르는 말이다.

005

말 한 끗 차이!
연애할 때 주의하면 좋은 표현들

1. 징징댄다 → 힘든 일이 많구나

가끔 연인의 불평불만을 들어주기 힘들 때가 있다. 그럴 때는 '징징대지 마'라는 말 대신 '힘든 일이 많구나'라고 말하자.

2. 삐졌다 → 기분 상했다

상대에게 '삐졌다'라고 말하면 상황이 심각해질 수 있다. '왜 기분이 상했어'라고 돌려 말하자.

3. 예전 연인은 이렇지 않았다 → 실망했다

예전 연인을 운운하는 건 정말 최악이다. '실망했다'라는 말이면 당신의 기분을 충분히 표현할 수 있다.

4. 쪼잔하다 → 마음의 여유가 없다

'쪼잔하다'라는 말을 듣고 기분 좋을 사람은 없다. 같은 의미를 전하고 싶다면 '마음의 여유가 없다' 정도면 충분하다.

5. 짜증 나 → 나는 별로야

연인 사이에 가장 많이 하는 말이 '짜증 나' 아닐까. 농담처럼 가볍게 넘길 수 없는 상황이라면 '짜증 난다'라는 말 대신 '나는 별로야'라고 돌려 말하는 게 좋다.

6. 넌 항상 그런 식이야 → 이제 달라졌으면 좋겠어

같은 말이라도 상대를 탓하는 말보다는 상대의 변화를 부탁하는 말이 낫다. '넌 항상 그런 식'이라는 말은 이미 지난 일을 들춰 대화를 싸움으로 이끄는 말이다.

7. 난 원래 이래 → 어렵지만 고쳐 볼게

'난 원래 이래'라고 말하면 더 이상 대화가 이어지지 않는다. 상대를 위해 나를 바꾸는 것이 진정한 사랑이다. '어렵지만 고쳐 볼게'라는 말은 당신과 상대를 모두 바꾸는 말이다.

006
사소하지만 너무 고마운 연인의 행동들

1. 아침에 일어나면 잘 잤냐는 문자 한 통

2. 날씨 추우니 따뜻하게 입으라는 말 한마디

3. 어떤 옷을 입어도 예쁘다는 폭풍 칭찬

4. 식사시간에 맛있게 꼭꼭 씹어먹으라는 카톡 하나

5. 퇴근할 때 오늘도 수고했다는 위로 한 마디

6. 저녁에 잠깐 만나 손 꼭 잡고 공원 한 바퀴

7. 잠들기 전 통화하며 '잘 자라'라는 한 마디

007
아무것도 아닌데 엄청 설레는 남자의 행동

1. 성 빼고 이름만 부를 때

2. 수업 시간에 늦게 와서 아무 말 없이 내 옆자리에 앉을 때

3. 추워 보인다고 입고 있던 카디건 벗어 줄 때

4. 셀카 찍는데 같이 찍자고 얼굴 들이밀 때

5. 옆에 앉아 엎드려서 한번 쳐다보고 씩 웃을 때

6. 울고 있는데 안아줄 때

7. 눈 마주쳤는데도 안 피하고 뚫어져라 계속 쳐다볼 때

8. 반대 방향인데도 늦었다고 집에 데려다줄 때

9. 졸리다고 하면 어깨 내어줄 때

10. 치킨 다리 양보할 때

008
내 남자친구가 진짜 사랑꾼이라고 느껴지는 순간들

1. 내가 좋아하는 노래 열심히 연습해서 불러줄 때

2. 라면 끓일 때 계란 2개 넣어줄 때

3. 기념일이 아닌데 꽃 선물할 때

4. 새로 찍은 커플 사진으로 휴대폰 배경화면 매번 업데이트 할 때

5. 만나서 뭐 할지 미리 계획 다 짜올 때

6. 낙서할 때도 내 이름 쓸 때

7.(장난으로 때릴 때) 솔직히 아파 보이는데 안 아프다고 웃을 때

8. 발걸음 빠른데 나한테 맞추느라 천천히 걸을 때

9. 치마 입고 계단 오를 때 뒤에서 가려줄 때

10. 야근하고도 우리 집 앞에 와서 잠깐 내 얼굴 보고 갈 때

009
내 남자친구가 눈물 나게 고마운 순간들

1. 갑자기 비 오는 날 회사 앞에 우산 들고 서있을 때

2. 아프다고 말했더니 한밤중에 약 사들고 달려올 때

3. 보고 싶다고 말했더니 야근 끝난 피곤한 몸으로 우리 집 앞에 와서 내 얼굴 잠깐 보고 갈 때

4. 우리 부모님, 가족의 작은 기념일까지 기억하고 축하해 줄 때

5. 남들에게 절대 말 안 하는 자신의 어려움, 지난 상처들을 얘기해 줄 때

6.'너 이거 좋아하잖아' 내가 언뜻 얘기한 거 기억하고 챙겨줄 때

7. 내가 잘못한 것도 있는데 무조건 자기가 잘못했다고 사과할 때

8. 약속 시간에 늦었는데도 짜증 안 내고 활짝 웃는 얼굴로 맞아줄 때

9. 하루 종일 쇼핑 따라다니면서도 짜증 안 내고 마음 편하게 해줄 때

10. 내가 모르는 곳에서도 나와의 약속을 지키고 있는 걸 알았을 때

010

내 여자친구에게 새삼 고마워지는 순간들

1. 오늘따라 너무 예쁘게 보일 때

2. 아플 때 엄마처럼 간호해 줄 때

3. 서툴지만 정성 가득 도시락 싸올 때

4. 내 일을 진심으로 걱정하고 눈물까지 글썽일 때

5. 차분하고 이성적으로 조언해 줄 때

6. 컨디션 별론데 내색 안 하고 만나러 온 거 알았을 때

7. 가끔은 집에 데려다주지 않아도 된다고 할 때

8. 자기 친구보다 나를 더 소중하게 여겨줄 때

9. 포장마차나 삼겹살집 같은 곳도 싫은 내색하지 않고 잘 가줄 때

10. 친구가 내 여자친구보다 별로인 여자친구 보여줬을 때

011
별거 아닌데 쌓이면 엄청 서운한 연인의 행동들

1. 내가 항상 선톡해야 할 때

2. 기다리고 있는데 늦어도 연락 없을 때

3. 나랑 얘기하면서 계속 핸드폰 볼 때

4. 나보다 친구들이랑 있는 모습이 더 즐거워 보일 때

5. 나한테만 친절한 건 줄 알았는데 다른 사람한테도 다 그럴 때

6. 너무 지쳐서 목소리 듣고 힐링하려고 했는데 전화 안 받을

때

7. 자기만의 영역을 정하고 못 넘어오게 선 그을 때

8. 나보다 먼저 전화 끊을 때

9. 맞춰줬더니 매번 자기가 좋아하는 것만 먹자고 할 때

10. 내 전화번호 못 외우는 거 알았을 때

012
연애 1년을 못 넘기는 사람들의 나쁜 습관 10가지

1. 쉽게 끓고 쉽게 식는다

연애 초반에는 열정에 불타지만 시간이 조금 지나면 차갑게 식어 금세 다른 사람을 찾는다.

2. 24시간 감시체제

상대의 일거수일투족을 알아야 직성이 풀린다. 프라이버시를 존중하지 않아 상대를 지치게 만든다.

3. 지나친 방심

외모든 말투든 연애를 시작하면 너무 편해진다. 자신을 꾸미는데 소홀하고 상대를 배려하지 않는다. 편한 관계를 추구하다 관계를 망친다.

4. 남과 비교하기

툭하면 자신의 연인을 다른 사람과 비교한다. 연인의 자존감을 짓밟는 최악의 실수를 저지른다.

5. 지나친 부탁하기

사소한 것까지 상대에게 부탁하고 부탁을 들어주지 않으면 서운해한다. 연인인지 도우미인지 헷갈리는 경우가 많다.

6. 사랑보다 취미

친구든 취미생활이든 자기가 좋아하는 것을 즐기는 시간을 절대 양보하지 않는다. 자신의 영역에 연인이 들어오는 걸 인정하지 않는다.

7. 저질 체력

'피곤해'를 입에 달고 사는 사람. 문자도 전화도 데이트도 피곤하다는 이유로 대충대충이다.

8. 지나친 스킨십

때와 장소를 가리지 않는 맥락 없는 스킨십 시도로 관계를 망친다. 상대 입장에선 내가 좋은 건지, 내 몸이 좋은 건지 헷갈린다.

9. 미래에 대한 계획 부재

미래를 위한 계획과 노력이 전혀 없다. 당장 사귀는 건 좋은데 오래 사귈 사람은 아니란 생각에 마음이 멀어진다.

10. 참견 많은 주변인

주위에서 도움 안 되는 참견을 하는 가족, 친구, 선후배가 많다. 둘은 싸울 일이 없는데 이들 때문에 오해가 쌓여 결국 헤어지게 된다.

013

이별을 부르는
연인의 쓰레기짓

1. 잘해주면 그게 당연한 줄 알고 갑질하는 양아치 짓

2. 자기는 되고 상대가 하면 안 되는 이상한 기준 강요

3.남사친-여사친이라는 이름으로 다른 이성과의 만남 정당화

4. 나랑 사귀면서 자기가 더 아깝다고 생각하는 짓

5. 내 지인은 안 보려고 하면서 자기 친구들하고는 잘 지내야 한다는 억지

6. 커플임을 숨기고 솔로 행세하고 다니는 짓

7. 내 기분이나 컨디션은 생각하지 않고 만날 때마다 자러 가자는 짐승

8. 자기 친구들하고 노는데 불러서 계산하고 가라는 싸가지

9. 자기 힘들다는 하소연, 불평 다 받아줬더니 어쩌다 내가 그러면 짜증 내는 비양심

10. 나는 이성 친구 다 정리하게 만들고 자기는 뒤로 연락하는 무개념

014
여자를 불안하게 만드는 남자의 행동들

1. 갑자기 친구와의 약속이 늘어남

자연히 나와 만나는 횟수가 줄어듦.

2. 전화 오면 꼭 내가 없는 곳에서 받음

이전에는 내 앞에서 전화 잘 받았음.

3.카톡이나 페북 프사가 바뀜

나랑 찍은 프사 대신 혼자 찍은 프사로 말도 안 하고 바꿈.

4. 내가 올리는 SNS 게시물에 반응하지 않음

SNS 상에서 나와 연인이라는 티를 내지 않음.

5. 나랑 통화하는 시간에 자주 통화 중일 때

요즘 부쩍 나와 잠들기 전 통화하던 시간에 다른 사람과 전화 중.

6. 바쁘다는 말이 늘어난다

부쩍 바쁘다는 말로 연락이 잘 안되는 걸 무마. 하지만 갑자기 바빠진 이유는 잘 설명하진 못함.

7. 변명이 많아진다

평소 하지 않던 변명이 많아짐. 결론은 이런저런 이유로 '연락 못 했다' 혹은 '만나기 힘들다'는 것.

8. 꼭 만나야 할 날 못 만난다고 핑계

크리스마스, 12월 31일, 밸런타인데이 등 연인이라면 꼭 만나야 할 날 못 만난다는 어이없는 얘기를 함.

9. 적반하장 갑자기 화를 냄

연락이 안 되거나 약속을 어길 때 어떤 이유인지 물어보면 갑자기 화를 냄. '왜 나를 못 믿냐'라는 말만 되풀이.

10. 내가 다른 약속 잡으면 좋아함

내가 주말에 다른 약속 잡으면 은근히 좋아함. 아쉬워하는 기색 1도 없음.

015
연인을 지치게 하는
애정 결핍을 가진 사람들의 특징

1. 자존감이 낮다

자신이 부족한 것 같고 모든 불만족의 원인이 자신에게 있는 것 같다. 스스로 자존감을 채울 수 없어 주변 사람의 애정과 관심을 갈구한다.

2. 자신만 옳다고 생각한다

자기와 다른 생각을 가진 사람을 용납하지 않는다. 혹 단점을 지적받으면 크게 분노한다. 자기가 최고라고 믿는 사람은 다른 사람의 인정에 의지하고 애정 결핍에 빠지기 쉽다.

3. 연인과 친구에 집착한다

연인이나 친구가 새로운 인간관계를 만드는 것을 지나치게 경계한다. 행여 친구나 연인이 자신보다 다른 사람과 더 친하다고 느끼면 과민 반응을 보인다.

4. 늘 의심한다

사람을 믿지 못한다. 늘 의심하고 경계해 새로운 사람의 접근을 차단한다. 그래서 더 기존 관계에 집착한다.

5. 언제나 남 탓을 한다

문제가 발생하면 늘 원인을 남에게 돌린다. 책임지지 않는 자세 때문에 종종 곤란을 겪기도 한다.

6. 끝난 사랑을 억지로 붙잡는다

아무 의미 없는 끝난 사랑에서 벗어나지 못한다. 이별이 두려워 자존감 낮은 연애를 억지로 이어간다.

7. 자기 얘기만 한다

남 얘기에는 관심이 없다. 시종일관 자기 얘기만 한다. 마음 터놓고 대화할 상대가 없어 늘 외롭다.

CHAPTER 3.
연애에 실패하지 않기 위해 알아야 할 단계별 · 상황별 사랑법

001

썸탈때 절대 피해야 할 행동 리스트

1. 상대 행동에 의미 부여하기

썸을 탈 때는 상대 행동 하나에 하루 기분이 좌지우지된다. 상대방은 아무 의미 없이 한 행동에 혼자 이런저런 상상으로 기쁘고 또 괴롭다. 이런 행동이 관계의 발전을 막는다.

2. 이미 연인이 된 것처럼 하는 행동

관심과 배려를 넘어 당연한 연인의 권리처럼 이것저것 요구하는 행동은 상대를 당황스럽게 한다. 명심하자 서툰 오버는 썸을 망친다.

3. 기분에 취해 적극적으로 스킨십 하기

자연스럽게 오가는 스킨십은 썸을 더욱 즐겁게 해주지만 자칫 지나치면 불쾌감만 준다. 스킨십 한번 잘못하면 관계가 급

속도로 어색해진다.

4.썸남썸녀에 대한 고민을 주변에 떠벌리는 행동

상대와의 모든 일을 주변 사람에게 공유하는 건 상대를 불쾌하게 만들 수 있다. 아직 그는 당신의 연인이 아니다. 그에 대한 모든 걸 주변 사람에게 공유하는 건 상대에겐 큰 부담이 될 수 있다.

5. 상대가 다가올 여지를 주지 않는 행동

스스로 썸이라고 하면서도 전혀 호감을 표시하지 않는 사람이 있다. 가능성이 보여야 상대도 용기를 얻는 법이다. 썸에서 연인으로 발전하고 싶으면 솔직하게 감정을 표현하자.

6. 지난 과거 셀프 고백

'나는 솔직한 사람'이라는 착각에 지난 연애사를 떠벌리는 건 어리석은 일이다. 상대는 당신의 과거보다 자신과 만들어갈 미래를 기대하는 사람이다. 과거 연애에 대한 언급은 자칫 지난 사랑에 대한 미련으로 오해를 받을 수도 있다.

7. 티 나는 밀당

엄청난 밀당의 고수가 아니라면 어설픈 밀당은 그만두자. 썸에서 중요한 건 밀당보다 상대에게 확신을 줄 수 있는 당신의 진심이다.

002
당신의 썸남썸녀가 연애고수라는 증거들

1. 당신의 취향 파악에 능하다

당신이 뭘 좋아하는지에 따라 자신의 스타일을 바꾼다. 당신이 뭘 싫어하는지 말하지 않아도 알아서 큰 실수를 하지 않는다.

2. 만날 때와 헤어질 때가 다르다

만날 때는 밝고 적극적이다. 당신에게 호감이 있다는 뉘앙스를 풍긴다. 반면 헤어진 후 통화나 카톡에선 차갑다. 아리송한 태도로 당신의 애를 태운다.

3. 답장이 늦다

연애고수는 빠른 답장을 하지 않는다. 당신이 지칠 때쯤, 그러나 포기하기 전에 답장이 온다.

4. 약속 잡기 쉽지 않다

만나자는 제안에 매번 응하지 않는다. 그렇다고 매번 거절하지도 않는다. 다음 약속을 잡기가 쉽지 않다면 상대는 고수일 확률이 높다.

5. 항상 새로운 것처럼 말한다

당신이 준비한 데이트 코스, 이야깃거리가 식상해도 항상 새롭다는 반응을 보인다.

6. 당신에게 집착하지 않는다

당신에게 관심이 있는 건 분명하지만 절대 집착하지 않는다. '네가 없어도 나는 문제없다'라는 자신감이 가득하다.

7. 질투심을 자극한다

당신 앞에서 다른 이성을 칭찬하는 등 은근히 당신의 질투심을 자극한다. 선을 넘지 않는 수준에서 질투심을 자극해 당신의 관심을 유도한다.

003
팩트 폭력주의!
당신을 헷갈리게 하는 그 사람의 본심

1. 당신이 그 사람을 좋아하고 있으면 보통 그 사람도 그 사실을 알고 있다.

2. 먼저 카톡을 보내거나 전화를 했는데도 답이 없다면 바쁜 게 아니라 당신에게 마음이 없는 것이다.

3. 분명 관계에 발전이 있었는데 다시 제 자리로 돌아간다면 상대가 당신과 있었던 일을 후회하고 있다는 뜻이다.

4. 한동안 연락이 없다 뜬금없이 다시 연락이 온다면 당신이 좋아져서가 아니라 다른 사람과의 연애가 잘 풀리지 않아서다.

5. 당신의 특별한 날을 상대가 기억하고 있다면 당신에게 마

음이 있다는 증거다.

6. 상대가 약속을 취소했는데 바로 다시 잡지 않는다면 당신을 만나고 싶지 않다는 뜻이다.

7. 약속을 잡는데 이런저런 핑계를 댄다면 일정이 안 맞는 게 아니라 당신이 귀찮다는 뜻이다.

8.'나는 거절을 잘 못해'라는 말은 '이렇게 말하면 좀 알아들어줘'라는 말이다.

9. 당신이 늘 먼저 말을 꺼내고 상대는 늘 대답만 한다면 당신과는 크게 할 말이 없다는 뜻이다.

10. 상대가 나를 좋아하는지 헷갈린다면 당신을 좋아하지 않을 가능성이 크다. 정말 좋아하면 상대를 헷갈리게 하지 않는다.

004
소개팅 후, 당신에게 애프터가 올 것이라는 신호

1. 당신의 관심분야에 대해 이야기한다

상대방이 당신의 관심 분야에 대해 적극적으로 이야기를 이어 나가려 한다면 좋은 신호다. 당신과 공감대를 만들어 당신의 호감을 사려는 것이다.

2. 목소리가 커진다

상대방의 목소리가 점점 커진다는 건 그만큼 들뜨고 흥분한 상태라는 의미다. 당신이 마음에 들었다는 신호다.

3. 점심에 만났는데 저녁까지 함께한다

소개팅 시간이 점심이었는데 저녁까지 만남이 이어진다면 당신과 함께 있는 시간이 부담스럽지 않고 즐겁다는 의미다.

4. 연락이 계속 이어진다

상대방이 친구가 없어 당신과 연락하는 게 아니다. 소개팅 후 연락이 끊기지 않는다면 애프터는 십중팔구 성공이다.

5. 리액션이 좋다

별거 아닌 얘기에도 리액션이 좋다면 성의 있는 반응으로 당신의 호감을 얻으려는 것이다.

6. 다음에 같이 할 일을 만든다

소개팅 자리에서 좋아하는 음식을 얘기하면 바로 맛집을 추천하며 다음에 같이 가자고 한다. 다음 주 개봉하는 영화를 같이 보자는 식이다.

005

연상녀가 연하 남자친구에게 절대 하면 안 되는 행동들

1. 나이가 어리다고 무시한다

연인 사이에서 나이는 중요치 않다. 동등한 관계를 인정하지 않고 동생처럼 대한다면 연애가 오래갈 수 없다.

2. 지나치게 불안해한다

나이 어린 남자친구의 또래 이성들을 과도하게 의식하거나 질투하는 사람이 있다. 자신의 매력을 믿고 당당하게 행동해야 한다.

3. 모임이 많은 걸 이해하지 못한다

연하 남자친구는 여자보다 늦게 학교를 졸업하고 늦게 직장 생활을 시작한다. 그만큼 다양한 모임과 행사가 많다. 이런 자리 참석을 구속하지 말고 인정해 줘야 한다.

4. 경제적 문제로 무시한다

연상연하 커플의 가장 큰 싸움의 원인이 바로 경제적 문제다. 여자친구에 비해 경제력이 부족한 남자친구의 자존심을 건드리지 말자. 돈이 없다고 무시하는 것은 물론 '내가 다 낼게' 같은 태도도 좋지 않다.

5. 자신의 주변 남자와 비교

연상 여자친구의 주변 남자들과 비교하면 연하 남자친구는 할 수 있는 게 없다. 20~30대 남자의 능력은 상당 부분 시간이 만들어주는 법이다. 나이 많은 남자들과 비교하지 말고 남자친구의 시간을 기다려주자.

6. 자신이 나이 들어 보이는지 계속 물어본다

'나 나이 들어 보여?'라는 말은 하지 말자. 자신감은 물론 매력도 없는 말이다. 겉모습이 신경 쓰인다면 좀 더 관리하는 게 훨씬 나은 방법이다.

7. 남자친구의 고민에 공감하지 못한다

학점, 취업, 취업 후 선배와의 관계 등등 연하 남자친구의 고민을 이미 여자는 겪었다. 이미 겪은 입장에선 별거 아닌 거 같지만 남자친구에게는 너무 힘든 일들이다. 이런 고민을 '별거 아니야'라고 깎아내리지 말자. 남자친구에게 필요한 건 공감과 위로라는 점을 명심하자.

006
연하남이 남자친구로 좋은 7가지 이유

1. 기분 좋은 솔직함

연하남의 장점은 자신의 감정에 솔직하다는 것이다. 가끔 어리광처럼 보일 때도 있지만 솔직하고 순종적인 모습이 여자 마음을 흔든다.

2. 어려지는 기분

동갑 혹은 연상과 사귈 때는 몰랐던 세계가 보인다. 남자친구보다 어려 보이고 싶은 마음에 외모와 관심사가 변하고 젊은 남자와 있는 것만으로 어려지는 기분이 든다.

3. 넉넉한 마음의 여유

처음부터 연하라는 것을 알고 있기에 조금의 실수는 너그럽게 이해한다. '아직 어리니까'라는 생각이 마음의 여유를 만들고 관계를 더 부드럽게 한다.

4. 남자의 성장

처음에는 어리고 동생 같던 남자가 시간이 지나고 경험이 쌓일수록 의지할 만한 남자로 성장한다. 다이아몬드 원석 같은 남자를 발견해 성장을 함께하는 기쁨이 크다.

5. 심쿵 하는 의외의 모습

일에 집중하는 모습, 갑자기 어른스러운 언행을 할 때, 생각하지 않던 배려 등 연하란 이유로 기대하지 않던 모습을 갑자기 보일 때 더 큰 감동이 밀려온다.

6. 조언자로서의 역할

보통 동갑이나 연상남은 여자에게 자신의 고민을 진지하게 털어놓지 않는다. 연하남은 연인이자 인생 선배인 여자에게 편하게 상담을 요청한다. 자신이 남자에게 필요한 도움을 주는 존재라는 만족감이 생긴다.

7. 어쨌든 귀엽다

조금 믿음직스럽지 못할 수 있지만 찌들지 않은 천진함과 귀여움이 큰 매력이다. 모성본능을 자극하며 어쨌든 웃게 만드는 연하남의 존재가 일상의 힐링이다.

007
예쁘게 오래 사귀는 커플의 15가지 연애 기술

1. 둘만의 암호와 습관을 만든다

둘만의 암호나 인사, 작고 귀여운 규칙을 만들어 실천하면 친밀감이 증가한다.

2. 잦은 스킨십

오래된 연인일수록 스킨십 횟수가 줄기 마련이다. 의식적으로 스킨십 횟수를 늘리면 서로에 대한 설렘이 증가한다.

3. 적당한 긴장감 유지

상대에게 익숙해질수록 자신의 패션이나 헤어스타일에 둔감해진다. 연인이 언제든 다른 이성에게 흔들릴 수 있다는 사실을 인지하고 적당한 긴장감을 유지해야 한다.

4. 첫 데이트 재현

첫 데이트만큼 떨리고 두근거린 순간이 있었을까? 매너리즘이 왔을 때 첫 데이트를 그대로 재현하면 그때의 감정을 되찾을 수 있다.

5. 한 달에 한 번 '스페셜 커플데이' 만들기

한 달에 한 번 특별한 데이트를 하는 커플데이를 만든다. 평소와는 다른 데이트를 즐기는 재미가 쏠쏠하다. 자연히 다음 달 커플데이를 기다리게 된다.

6. 친구 커플과 더블데이트

다른 커플과 더블데이트를 하면 대화의 주제가 넓어지고 새로운 활동도 하기 쉽다. 또 자연스럽게 보는 다른 커플의 장단점이 연인 관계 발전에 도움이 된다.

7. 둘이서 드라마 찍기

화제의 드라마나 영화 장면을 둘이서 따라 해본다. 유명 촬영지를 찾아가 드라마 주인공을 흉내 내다보면 오글거리지만 잊을 수 없는 추억이 쌓인다.

8. 가끔은 혼자만의 시간 갖기

연인과만 시간을 보내면 없던 집착과 질투가 생기기 마련이다. 가끔 혼자만의 시간을 갖고 연인과의 관계를 되돌아보는 것이 필요하다. 또 떨어져 있는 동안 상대의 소중함을 새삼 깨닫게 된다.

9. 함께 애완동물 기르기

둘이 하나의 일에 애정을 쏟으며 결과를 함께 나누는 것은 특별한 경험이다. 애완동물을 기르는 것은 미래 결혼 후 아이를 가졌을 때의 시뮬레이션도 된다.

10. 중요한 결정은 반드시 둘이서

둘의 관계에 큰 영향을 미치는 중요한 결정을 혼자서 하는 것은 관계를 정리하자는 것과 같은 의미다. 서로의 생각과 상황을 조율하고 함께 결정을 내는 것이 중요하다.

11. 둘이서 함께 꿈 이야기하기

서로의 꿈을 이야기하면 자연스럽게 함께 만들 미래도 계획하게 된다. 거창할 것도 없다. '3년 후에는 이런 집에서 살고 싶어' 정도면 된다.

12. 후회할 말은 하지 않기

가끔 말하면 후회할 것을 알면서도 입 밖으로 꺼내는 경우가 있다. 특히 지나간 일을 반복해서 얘기하는 것은 최악이다. '그때 네가 말이야..' 이런 식의 말은 최대한 꺼내지 말자.

13. 가벼운 장난치기

상대의 기분을 헤치지 않는 장난은 관계를 유쾌하게 만든다. 마치 친구하고 장난치다 친해지는 것과 마찬가지다. 연인 사이에도 가벼운 장난이 필요하다.

14. 서프라이즈

생일이나 기념일에 큰 선물을 하는 것만이 아니다. 데이트할 때 집 앞으로 데리러 간다든가 좋아하는 케이크를 선물하는 식이다. 작은 성의라도 연인이 자신이 챙겨준다는 기분이 상대를 기쁘게 한다.

15. 취미활동 함께하기

관심이 없더라도 가끔 연인이 즐기는 취미활동을 함께하는 것이 좋다. 서로의 취미를 나누는 것만으로 관심의 폭이 넓어지고 그만큼 상대를 더 이해할 수 있다.

16. 빨리 사과하기

중요한 건 자존심이 아니다. 감정의 골이 깊어지기 전에 잘못을 빨리 인정하고 빨리 사과해야 한다.

17. 무조건 참지 않기

무조건 참는 것이 관계를 위하는 것이 아니다. 불만이 쌓이면 상대에 대한 만족도가 떨어지고 결국에는 관계가 파괴된다.

18. 프라이버시 존중

연인이라고 해서 상대의 모든 것을 알아야 하는 것은 아니다. 상대를 믿고 그(녀)의 영역을 존중해 줘야 한다. 믿지 못할 사람이라면 빨리 헤어지는 게 낫다.

008

오래가는 연인들이 반드시 지키는 10가지 커플 에티켓

1. 문자 받으면 꼭 답장하기

2. 늦으면 늦는다고 꼭 전화하기

3. 이따가 전화한다고 했으면 꼭 이따가 전화하기

4. 무슨 일이 있으면 어떤 일인지 꼭 말해 주기

5. 아프면 아프다고 꼭 말해주기

6. 어디 가면 어디 간다고 꼭 말해주기

7. 고마운 일이 있으면 고맙다고 꼭 말해주기

8. 미안한 일이 있으면 미안하다고 꼭 말해주기

9. 안 한다고 했으면 절대 하지 않기

10. 사랑한다고 자주자주 말해주기

009

우리도 혹시?
권태기가 왔다는 신호들

1. 스킨십이 귀찮다

손만 잡아도 설레던 시절은 이미 옛날 얘기다. 먼저 스킨십하고 싶은 마음도 없고, 연인이 스킨십하려고 하면 귀찮기만 하다.

2. 이유 없이 짜증 폭발

예전에는 아무렇지도 않았던 일에 짜증이 난다. 연인의 단점만 보여 힘들다.

3. 흐려진 기억력

상대의 일거수일투족, 말 한마디도 다 기억하던 연애 초기와는 다르다. 같이 뭘 했는지, 상대가 무슨 말을 했는지 잘 기억이 나지 않는다. 연인이 아닌 다른 것에 집중하고 있다는 뜻이다.

4. 조금씩 포기하게 된다

잔소리도 애정이 있어야 하는 법. 상대가 싫은 짓을 해도, 실망할 일을 해도 그러려니 한다. 포기하는 게 늘어날수록 애정은 줄어든다.

5. 만남이 줄어든다

퇴근 후 늦은 저녁, 잠깐 시간 내 얼굴 보던 시절이 있었다. 지금은 안 만나는 주말도 많다. 상대와의 만남이 귀찮아졌다면 권태기가 확실하다.

6. 상대에 대해 알고 싶은 게 없다

더 이상 상대가 궁금하지 않다. 다 알고 있다는 느낌, 더 새로운 게 없다는 느낌에 관계가 시시하게 느껴진다.

7. 연락이 줄어든다

가장 확실한 증거다. 상대에게 연락하는 게 기쁨이 아닌 의무처럼 느껴진다면 권태기 탈출을 위한 노력이 필요하다.

010
오래된 연인의 권태기,
무사히 극복하는 법

1. 잠시 서로의 시간 갖기

항상 함께 있다 상대방이 없는 일상을 마주하면 익숙한 연인의 존재가 얼마나 고마운지 느낄 수 있다. 잠시 떨어져 상대의 존재에 대해 생각해보자.

2. 평소와 다른 데이트 코스 짜기

밥-카페-영화의 무한 반복에 지쳤다면 새로운 데이트 코스를 짜보자. 평소와 다른 데이트가 새로운 자극을 준다.

3. 연애 초기 장소 함께 가기

처음 만난 곳이나 추억이 많은 장소에 다시 가보자. 마냥 좋았던 당시로 돌아가 잃었던 초심을 찾을 수 있다.

4. 진솔한 대화 나누기

권태기는 혼자가 아닌 둘이서 극복하는 것이다. 서로 잘 안다고 대화를 소홀히 하진 않았을까? 솔직히 마음을 털어놓고 서로 이해하는 계기를 만들자.

5. 애인을 위한 깜짝 이벤트

특별한 날이 아니라도 상대방을 위한 이벤트를 준비해보자. 거창한 것이 아니라 당신의 진심을 보여줄 수 있는 성의 있는 이벤트면 충분하다.

6. 자신을 조금 더 꾸미기

남자나 여자나 상대의 겉모습에 호감을 느끼는 것은 마찬가지다. 너무 편한 모습 대신 잘 꾸민 모습으로 상대에게 설렘을 주자.

7. 신뢰감 느끼게 해주기

가장 중요한 것은 상대방에게 관계가 단단하다는 확신을 주는 거다. 상대에게 관계에 대한 신뢰를 준다면 권태기도 쉽게 극복할 수 있다.

011
1년 이상 사귄 커플을 이별로 이끄는 치명적인 실수들

1. 관심이 구속이라는 오해

상대에게 익숙해져서 상대의 소중함을 잊어버린다. 상대의 관심을 구속이라 오해해 벗어나고 싶어 한다.

2. 당연하게 여기는 뻔뻔함

연인의 호의와 배려를 당연하게 여기고 고마워하지 않는다. 오히려 부족하다고 여긴다.

3. 편하다는 이름의 무례함

편한 사이라는 미명 아래 연인을 대하는 에티켓에 문제가 생긴다. 혹은 외모에 너무 신경 쓰지 않아 상대가 다른 이성에 흔들리게 만든다.

4. 잘못된 금전관계

오래 사귄 연인이라도 결혼 전에는 금전관계를 하지 않는 것이 좋다. 믿을 만하다고 해서 돈을 꿔주지만 예상치 못한 상황이 생겨 관계가 끝날 수 있다.

5. 상대를 다 안다는 착각

1년 정도 만나면 상대의 모든 것을 다 안다고 생각하기 쉽다. 이런 생각에서 내리는 섣부른 판단이 불필요한 갈등을 만든다.

6. 연애 초반의 기억

연애 초반은 비정상적인 에너지가 집중되는 시기다. 당연히 상대에 대한 평균 이상의 배려와 관심, 양보가 집중된다. 시간이 지나면 이런 에너지는 평균을 찾기 마련이다. 이를 인정하지 못하고 연애 초반의 기억으로 '변했다'라는 말로 상대를 지치게 한다.

7. 환경 변화에 따른 유연성 부족

1년이란 세월은 각자의 삶에 많은 변화를 가져온다. 회사원이 된 연인에게 학생 때의 물리적 시간 할애를 요구하면 안 된다. 환경 변화에 따른 관계의 유연성을 인정해야 관계가 유지 된다.

012

롱디 커플을 이별로 이끄는 행동들

1. 상대가 몇 번 왔는지 계산

롱디 커플이라면 상대가 나를 보러 몇 번 왔는지 중요할 때가 있다. 먼 거리를 이동하는 수고는 상대의 애정과 비례하기 때문이다. 하지만 '내가 너보다 몇 번이나 더 갔다' 등의 비교는 곤란하다. 계산하지 말고 사랑을 지키기 위한 나의 노력을 스스로 대견해하자.

2. 전화에 너무 의지하지 말자

롱디 커플은 못 만나는 대신 전화 통화가 늘기 마련이다. 통화를 자주 하는 건 좋지만 전화에 너무 의지하지는 말자. 상대도 사정이 있고 전화를 하지 못하는 상황에 놓일 때도 있다. 전화에 너무 의지하면 전화하지 못하는 상황이 너무 힘들어진다.

3. 연락 없이 불쑥 찾아가기

연락 없이 찾아가면 상대가 놀라고 감동할 거라고 생각하지만 현실은 다르다. 준비되지 않은 상황, 상대와 충분히 시간을 보낼 수 없는 상황에서의 예고하지 않은 방문은 오히려 역효과를 낸다.

4. 당장 보러 오라는 요구

너무 힘들어서, 혹은 너무 외로워서 하는 '당장 와달라'라는 말은 상대를 너무 힘들게 하는 요구다. 상대가 관계 유지에 부담을 느낄 수 있다.

5. 다른 커플 이야기

롱디가 아닌 다른 커플이 부러울 수 있다. 하지만 입으로 얘기하는 것은 다른 문제다. 다른 커플 이야기는 상대에게 미안한 감정을 느끼게 하고 불안함만 줄 뿐이다.

6. 불필요한 규칙에 집착하기

'하루에 3번 전화하기', '카톡 10번 이상 하기' 등등 롱디 커플이 되면 많은 규칙을 만들곤 한다. 사랑을 지키기 위한 방법 같지만 이런 규칙에 얽매이면 상대가 행여 규칙을 어기면 불안하고 의심하게 된다. 없어도 되는 규칙을 만들어 쓸데없이 불안해지지 말자.

7. 예고 없는 연락 두절

너무 잦은 연락에 집착하는 것은 좋지 않지만 아예 연락이 안 되는 건 완전히 다른 문제다. 연락이 안 될 상황이면 미리 연인에게 알려 불안하지 않게 해야 한다. 언제든 연결돼 있다는 느낌이 롱디 커플에게는 가장 중요하다.

013
그와 헤어지기 전에 꼭 생각해봐야 할 5가지

1. 일단 거리를 두고 생각하자

너무 가까우면 오히려 보이는 않는 법이다. 그와 잠시 떨어져 있는 시간을 갖자. 그가 당신에게 어떤 존재인지 다시 한번 생각하는 계기가 된다.

2. 그와 처음 사귈 때를 생각해보자

그에게 설레지 않고 그와의 시간이 지루하다고 느낀다면 그와의 첫 만남을 생각해보자. 당시의 사진이나 SNS 게시글 등을 보면 처음 사귈 때의 감정이 되살아날 수 있다.

3. 과거에도 이런 적이 있었나?

지금 그와 문제가 되는 일이 과거에도 있었던 일인지를 생각해보자. 과거에 같은 문제로 헤어진 적이 있다면 더 이상은 없다. 처음 있는 일이라면 좀 더 해결책을 찾아보자.

4. 문제의 원인이 혹시 내가 아닐까?

한 사람만 일방적으로 잘못하는 경우는 없다. 문제의 원인이 내게도 있는지 객관적으로 생각해봐야 한다. 좋은 연애를 위해선 자신도 성숙해져야 한다.

5. 이별을 감당할 수 있을까?

먼저 이별을 통보하고 후폭풍을 감당 못하는 사람이 많다. 그가 없는 텅 빈 시간과 공허함을 메울 수 있는 의지와 집중할 일, 다른 이성이 없다면 이별 후 지옥이 열린다.

014

여자가 남자와 이별을 결심하는 순간들

1. 더 이상 연락을 기다리지 않을 때

아침에 눈을 떴을 때, 점심을 먹을 때, 퇴근하면서, 밤에 잠들기 전 등등. 하루 종일 기다렸던 그의 연락이 더 이상 기다려지지 않을 때.

2. 더 이상 궁금하지 않을 때

나와 함께 하지 않은 그의 하루가 더 이상 궁금하지 않을 때. 그의 얘기에 딴 생각 하는 자신을 발견할 때.

3. 더 이상 발전이 없는 남자라고 느낄 때

미래를 위해 노력하지 않은 남자라고 생각될 때. 오늘의 나태함으로 여자와 함께할 내일을 포기하는 남자라고 느껴질 때.

4. 더 이상은 없다고 느낄 때

벽을 마주한 듯 같은 문제로 계속 고민하는 자신을 마주할 때. 변화 없는 남자와 포기할 수 없는 자신 사이에서 더 이상은 없다고 생각될 때.

5. 더 이상 화나지 않을 때

그의 반복되는 실수에도, 나를 배려 않는 무신경한 태도에도 무덤덤한 자신을 발견할 때. 화가 나지 않으면 정말 그걸로 끝이다.

015

이별할 때 가장 많이 하는 거짓말들

1. 나보다 더 좋은 사람 만나

연인에게 좋은 사람으로 남고 싶은, 속 좁은 사람으로 보이고 싶지 않아 하는 거짓말이다.

2. 마음의 여유가 없어

마음의 여유가 없는 게 아니라 마음이 없는 게 팩트다. 전쟁 중에도 사랑은 하는 법이다.

3. 사랑하니까 보내주는 거야

보통 사랑하면 보내주지 않는다. 사랑하지 않으니까 보내주는 게 맞다.

4. 널 힘들게 하고 싶지 않아

이별하면 힘들어할 줄 뻔히 알면서 하는 말이다.

5. 난 너한테 부족한가 봐

마음이 있으면 부족한 걸 알아도 떠나지 않는다. 어떻게 해서든 부족한 걸 메우려 할 뿐이다.

6. 잘해 줄 자신이 없어

상대가 무리한 요구를 하지 않았는데도 이런 말로 이별의 원인을 상대에게 돌린다.

7. 평생 널 못 잊을 거야

그냥 인사말이다. 언제 그랬냐는 듯 새로운 연애를 시작하는 게 대부분이다.

016
이별 후 반드시 버려야 할 10가지

1. 다시 돌아올 거란 헛된 기대

헤어진 연인이 다시 돌아올 거라는 헛된 기대.

2. 아무짝에도 쓸 데 없는 미련

그(녀)와 절대 다시 시작하면 안 되는 걸 알면서도 끝까지 버리지 못하는 미련.

3. 의미 없는 증오

이제는 내 인생에 상관없는 사람. 어떤 상처를 줬던 그(녀)를 증오하는 데 쓰는 에너지마저 아깝다.

4. 그(녀)에 대한 나쁜 기억

헤어진 연인에 대해 좋은 기억만 남기기. 그(녀)와 보낸 시간을 아름답게 추억하는 것이 결국은 나를 위한 일이다.

5. 상처 때문에 다른 사람은 못 만날 거 같다는 두려움

사랑은 다른 사랑으로 잊혀지는 법이다. 당신을 행복하게 할 사람이 이 세상에는 많다.

6. 이제 사랑은 지겹다는 피로감

그(녀)와의 연애가 좋지 않았다고 모든 연애가 그런 것은 아니다. 곧 가슴 떨리는 사랑이 찾아 온다.

7. 나만큼 불행한 사람은 없다는 망상

이별하면 세상에서 가장 불행한 것 같지만 사실 살아가며 누구나 겪는 일이다. 지금 불행하지만 다시 행복해질 수 있다.

8. 모든 게 나 때문이라는 자책

헤어진 이유가 모두 나에게 있는 것 같지만 사실 혼자만 잘못

하는 경우는 없다. 이별은 언제나 쌍방 과실이다.

9. 나만 망가지는 폐인생활

이별 후유증으로 모든 삶의 의욕을 잃고 폐인생활하는 건 본인에게 손해다. 새로운 사람을 만날 기회를 날리는 건 물론 헤어진 그(녀)는 지금 이 순간도 인생을 즐기고 있다.

10. 그(녀)의 모든 연락처

핸드폰이든, SNS든, 내 마음 속이든 그(녀)의 연락처는 모두 삭제하자. 그(녀)와 모든 연결고리를 끊고 새로 시작하자.

017

이별 후에 찾아오는 잘못된 착각들

1. 너는 절대 날 못 잊을 걸

상대방은 당신을 잊고 잘 살고 있다. '나를 잊지 못한다'라는 착각은 반대로 당신이 그를 잊고 있지 못하다는 말이다.

2. 나는 다 잊었어

억지로 '나는 다 잊었다'라는 정신승리도 역효과를 부른다. 자기의 감정을 솔직하게 인정하는 게 이별 후폭풍 탈출의 첫걸음이다.

3. 너는 날 진심으로 사랑한 게 아니야

헤어졌다는 이유로 한때 진실했던 사랑을 부정하지는 말자. 당신을 진심으로 사랑하지 않아서 헤어진 게 아니라 헤어질 이유가 있어서 헤어진 것뿐이다.

4. 난 다시 사랑 못할 거 같아

지금 너무 아파서 다시 사랑하기 힘들 거 같지만 아니다. 곧 새로운 사랑이 찾아온다.

5. 상대방 마음도 나와 같을 거야

헤어진 마당에 상대방 마음이 나와 같든, 다르든 무슨 상관인가. 상대방에 대한 추측은 쓸데없는 시간 낭비다.

6. 내가 다 잘못한 거 같아

한 사람만 잘못해 헤어지는 경우는 없다. 이별의 이유를 자기에게서 찾지 말자. 자책은 이별의 후유증을 더 크게 만들 뿐이다.

7. 나 괜찮아, 안 힘들어

이별 후 지나치게 쿨한 척하지 말자. 힘들다고 투정도 부리고 위로도 받자. 그래야 이별의 아픔도 빨리 지워진다.

CHAPTER 4.
당신이 행복한 연애를 하는 방법

001
우리의 연애가 건강하다는 10가지 증거

1. 특별히 뭘 하지 않아도 즐겁다

매번 만나서 뭘 할지 고민하지 않는다. 그냥 같이 있는 것만으로 즐겁다.

2. 다른 커플들은 왜 싸우는지 모르겠다

싸울 일이 없다. 다툼은 남의 일이다. 우리와는 상관없다.

3. 연락이 안 돼도 불안하지 않다

연락이 안 돼도 상대가 어디서 무엇을 하는지 짐작이 된다. 또 실망시킬 일은 하지 않을 거란 믿음이 있다.

4. 친구를 만나는 것보다 즐겁다

친구에겐 미안한 일이지만 연인을 만나는 것이 훨씬 즐겁다.

5. 함께 즐기는 취미가 있다

함께 있는 것도 좋은데 좋아하는 취미를 같이 즐기니 더할 나위 없이 좋다.

6. 상대의 친구, 가족과도 친하다

연인의 친구, 가족과도 잘 맞는다. 주변 사람들로 인한 쓸 데 없는 오해가 없다.

7. 스킨십으로 인한 갈등이 없다

스킨십에 적극적인 사람도 있고 보수적인 사람도 있다. 서로 원하는 수준에서 갈등 없이 스킨십을 즐긴다.

8. 서로의 일상을 수시로 공유한다

오늘 무엇을 했고 무슨 일이 있었는지 만나서, 전화로, 카톡으로 수시로 얘기한다. 상대의 일상이 가장 궁금하고 듣고 싶은 일이다.

9. 돈 쓰는 문제에 대해 갈등이 없다

한쪽이 일방적으로 쓰든지, 혹은 상대가 쪼잔하거나 낭비가 심하면 불만이 생길 수밖에 없다. 돈 쓰는 문제는 말하기 힘든 부분인데 애초에 불만이 전혀 없다.

10. 자연스럽게 함께 미래를 그린다

3년 후, 5년 후, 혹은 결혼해서 등의 미래를 함께 그린다. 미래를 설계할 때 가장 중요한 것은 '우리'다.

002
당신이 남들이 부러워하는 연애를 하고 있다는 5가지 증거

1. 주변 사람들이 나의 연애를 부러워한다

"어디 가면 네 남자친구 같은 남자 만날 수 있니?"

2. 상대에게 미안하다는 말을 들어본 적이 너무 오래됐다

서로 미안한 일을 하지 않는다.

3. 괜찮지 않은데 애써 괜찮다고 얘기한 적이 없다

미안한 행동을 하지 않으니 애써 괜찮다고 말할 필요가 없다.

4. 연애 초반보다 지금이 더 좋다

앞으로 더 좋을 거 같아 행복하다.

5. 연인 때문에 혼자 울어본 기억이 없다

생각만 해도 좋아서 웃음이 나온다.

003
당신이 잘못된 연애를 하고 있다는 명백한 증거들

1. 나는 괜찮은데 주변 사람들이 걱정한다

"미안한데 네 남자친구 진짜 아닌 거 같아. 진짜 넌 괜찮아?"

2. 상대에게 미안하다는 말을 자주 듣는다

"미안해, 오늘 갑자기 일이 생겨서 못 볼 거 같아"

3. 괜찮지 않은데 자꾸만 괜찮다고 말한다

"괜찮아, 그럼 할 수 없지"

4. 연애 초반 좋았던 기억이 자꾸 생각난다

'예전에는 우리 좋았는데 언제부터 이렇게 된 걸까...'

5. 혼자 우는 경우가 늘어난다

이유는 잘 모르지만 지금이 행복하지 않다.

004
당신이 지금 연인에게 중독되었다는 7가지 신호

1. 반복적으로 자신에 대한 연인의 사랑을 시험하고 조금이라도 부족하다고 느끼면 제대로 감정 컨트롤이 안된다.

2. 한, 두 시간을 참지 못하고 전화와 카톡을 보낸다. 잠시라도 연락이 안 되면 안절부절한다.

3. 주변 사람들에게 지나치게 연인에 대한 얘기한다. 주변 사람들이 불편해하는 것도 느끼지 못한다.

4. 연애를 시작한 후 친구와의 약속이 거의 없다. 연인을 만나는 데만 올인한다.

5. 그럴 이유도 없는데 연인이 혹시 바람피우는 건 아닐까 불안해 견딜 수 없다.

6. 연인이 여행이나 출장을 가 잠시 만나지 못하면 엄청난 우울감에 빠진다.

7. 정상적인 연인이라면 가끔 서로에게 조언도 하고 쓴소리도 하기 마련이다. 연인에게 달콤한 말만을 원하고 쓴소리 듣는 걸 죽기보다 싫어한다면 잘못된 사랑에 중독됐다는 증거다.

005
연애에서 자신을 잃지 않는 방법

1. 첫눈에 반해도 연애는 천천히

첫눈에 반해도 사귀는 건 신중하자. 첫인상은 빗나가기 쉽다. 처음에는 누구나 좋은 모습만 보여주는 법이다. 시간을 갖고 상대를 보자.

2. 자기 본래 모습 보여주기

언제까지 자신을 꾸미며 연애를 할 수는 없다. 솔직한 자기 모습을 보여주고 당신 그 자체를 사랑해 주는 사람을 만나자.

3. 대등한 관계로 사랑하기

일방적으로 양보하고 희생하는 을의 연애는 당신을 파괴할 뿐이다. 대등한 관계의 사랑이 지속력을 갖는다.

4. 아닌 건 아니라고 말하기

상대가 나를 싫어할까 봐, 우리 사랑이 흔들릴까 봐, 아닌 걸 말하지 못하는 경우가 있다. 하지만 '아니다'라고 말하는 당신을 인정하지 못하는 상대라면 일찌감치 헤어지는 게 낫다.

5. 혼자만의 시간 갖기

모든 시간을 연인에게 의지하면 연애에 집착하게 된다. 자신만의 시간을 갖는 건 연애를 객관적으로 바라보고 나를 더 강하게 만드는 방법이다.

6. 나를 사랑하자

연인을 사랑하는 것만큼 나를 사랑하자. 나에 대한 사랑이 넘칠 때, 자존감이 충만할 때, 상대와 더 건강한 사랑을 할 수 있다.

006

오래 사랑하고 싶은 연인들이 알아야 할 '잘못된' 사랑 명언들

1. 사랑은 타이밍이다

일정 부분 맞지만 전부는 아니다. 사랑의 시작은 타이밍이 중요하지만 사랑의 유지는 타이밍이 아니라 꾸준한 노력이다.

2. 연인이 가장 친한 친구여야 한다

친구처럼 편한 연인이 좋은 거 같지만 자칫 서로에 대한 설렘을 잃어 권태기에 빠질 수도 있다. 연인은 친구처럼 편하기만 해선 안된다. 늘 새로운 자극과 설렘을 줘야 한다.

3. 사람은 바뀌지 않는다

진정 사랑하는 연인이라면 이 말이 틀렸음을 입증해야 한다. 서로를 위해 변하는 연인이 진정 사랑하는 연인이다.

4. 사랑만 있으면 충분하다

지나치게 현실을 무시한 말이다. 관계를 완성시켜주는 건 사랑이지만 너무 조건이 부족하면 사랑이 유지되지 않는다. 사랑도 결국 현실 세계의 일이다.

5. 무조건적인 사랑이 진정한 사랑이다

무조건이라는 말처럼 무책임한 말도 없다. 연인이 큰 잘못을 해도 무조건 받아들여야 하는 건 아니다. 연인이 좋은 방향으로 변할 수 있게 조건을 제시하는 게 어른의 사랑이다.

007
성공적인 연애를 위한 9가지 사랑 격언

1. 사랑은 고통이다. 고통받고 싶지 않다면 사랑하지 말라. 하지만 사랑하지 않는 것도 큰 고통이다.

2. 매력 있는 사람이 되는 2가지 방법. '좋은 사랑을 하는 것'과 '나쁜 사랑을 그만두는 것'

3. 사랑을 쟁취하려면 구체적으로 움직여야 한다. 구체적으로 움직이면 구체적인 답이 나온다.

4. 연인의 싸움은 사랑의 업데이트다

5. 무엇을 가장 사랑했는지는 그것을 잃었을 때 알 수 있다

6. 사랑은 큰 애정을 갖고 작은 일을 하는 것이다

7. 당신과 함께 하는 것이 사람들이 말하는 '행복'일까?

8. 어떤 단점에도 장점은 있다

9. 당신은 당신이면 된다

008
사랑이 낯선 사람들을 위한 솔직한 연애 조언

1. 그래도 영원한 건 친구다

연애에 빠져 친구를 멀리하는 사람이 있다. 사랑이 언젠가는 끝난다면 우정은 영원하다. 사랑에 빠져 우정을 버리지 말자.

2. 떠나는 사람 붙잡지 마라

이별할 때는 죽을 거 같지만 곧 새로운 사랑이 찾아온다. 매달리는 사랑은 당신의 자존감을 갉아먹고 행복하지 않은 연애는 당신을 좀 먹는다.

3. 나만의 시간을 갖자

연애에 올인한다는 건 언뜻 좋은 말 같지만 연애 외에는 하지 않는다는 뜻이기도 하다. 연인에 대한 높은 의존도는 관계에도 좋지 않은 영향을 미친다. 이별 후에는 더 힘들다. 연애 중에도 자기만의 시간을 갖는 게 더 나은 연애방법이다.

4. 진짜 나를 보여주자

연애 초기는 지극히 무리하고 부자연스러운 시간이다. 상대에게 좋은 모습만 보이려는 노력은 아름답지만 언제까지 이어질 수는 없다. 적당한 순간 진짜 당신을 보여주고 인정받아야 진정한 사랑을 할 수 있다.

5. 나부터 괜찮은 사람이 되자

연인에게 끊임없이 뭔가를 바라는 사람이 있다. 당신은 별로인데 연인은 계속 좋은 사람이 된다면 관계가 이어질 수 있을까? 상대에게 바라는 만큼 나부터 좋은 사람이 되기 위해 노력해야 한다.

6. 갑을 관계 연애는 하루라도 빨리 끝내자

한 사람만의 노력으로 유지되는 연애라면 이제 그만 끝내야 한다. 갑질하는 연인을 받아주는 건 배려가 아니라 어리석음이다.

009
결혼 전에 커플끼리 꼭 함께 여행을 가야 하는 이유

1. 경제관념

정해진 경비로 여행을 하는 것은 한 달 생활비로 결혼생활을 하는 것과 같다. 상대가 흥청망청 돈을 쓰는지 정해진 예산 안에서 계획적으로 소비하는지 알 수 있다.

2. 입맛 확인

만나서 밥 한 끼 먹고 헤어질 때는 얼마든지 상대 입맛에 맞출 수 있다. 하지만 일주일 이상 상대 입맛에만 맞춰 밥을 먹을 수는 없다. 결혼하면 평생이다. 서로 입맛이 맞는지는 살다 보면 생각보다 중요하고 여행을 통해 확실히 알 수 있다.

3. 생활습관

결혼 후 가장 많이 싸우는 이유가 서로의 생활습관이 맞지 않아서다. 물건 정리부터 화장실 쓰는 방법, 위생 습관 등 그동안 볼 수 없던 작은 습관까지 볼 수 있다.

4. 선택 능력

여행은 선택의 연속이다. 어디를 가서 뭘 볼 건지, 뭘 먹고, 어떻게 이동하고, 언제 쉴 건지 이 모든 걸 매일매일 선택해야 한다. 상대가 모든 상황을 고려해 얼마나 합리적인 선택을 하는지 볼 수 있다.

5. 이해와 인정

함께 여행하지만 가고 싶은 곳, 즐기는 방법은 각자 다르다. 이럴 경우 상대의 입장을 이해하고 나와 다름을 인정하는 능력이 필요하다. 결혼생활에선 이 능력이 더 중요하다. 상대가 얼마나 나를 이해하고 인정하는지 여행으로 확인할 수 있다.

6. 화해의 기술

아무리 상대를 배려하려고 노력해도 일주일 이상 여행하면 한 번은 싸우기 마련이다. 평소에는 싸우면 잠시 안 보면 되지만 여행에선 그럴 수 없다. 결혼도 마찬가지다. 이럴수록 나쁜 감정을 빨리 추스르고 좋은 관계를 회복하는 화해의 기술이 필요하다.

7. 이기심 확인

여행은 준비과정이 길다. 혼자 전 과정을 하기 힘들다. 이 과정을 기꺼이 함께 참여하는지 바쁘다는 핑계로 상대에게 맡기고 모르는 척하는지가 중요하다. 만약 모든 걸 맡기고 모른척하는 사람이라면 결혼 후 가사 분담에 무관심할 가능성이 높다.

010

연애에서 결혼까지 골인한 커플들의 10가지 특징

1. 다툼을 확장하지 않는다

지나간 일, 지금과 상관없는 일을 들춰 다툼을 크게 만드는 커플이 있다. 결혼하는 커플은 문제가 된 사안에 대해서만 얘기할 뿐 다툼을 크게 키우지 않는다.

2. 싸워도 오래가지 않는다

혹 싸우더라도 나쁜 감정을 오래 가져가지 않는다. 자존심보다 서로의 관계가 더 중요함을 알기에 빨리 화해하고 좋은 감정을 회복한다.

3. 같은 실수를 반복하지 않는다

같은 실수로 상대를 아프게 하거나 실망시키지 않는다. 한번 안 한다고 한 것은 절대 하지 않는다. 이런 행동이 상대에게 평생을 같이 해도 좋을 사람이라는 신뢰를 준다.

4. 무엇이 상대를 기쁘고 슬프게 하는지 정확히 안다

자신의 어떤 행동이 상대를 기쁘게 하고 또 슬프게 하는지 잘 알고 있다. 상대를 잘 알고 행동하니 터무니없는 실수가 없다.

5. 평소 결혼에 대한 구체적인 얘기를 나눈다

결혼하면 집은 어떻게 꾸밀지, 아이는 몇 명 낳을지 등 평소 결혼 생활에 대한 이야기를 자주 한다. 이를 통해 지금의 연인과 미래 결혼 생활을 함께 한다는 인식이 생긴다.

6. 적당한 현실 감각

결혼은 현실이다. '신혼집은 X평 이상', '전세는 절대 안 됨', ' 결혼식은 호텔에서' 같이 환경에 관한 지나친 환상은 현실적인 결혼을 파괴할 수 있다. 서로의 현실을 고려한 적당한 수준에서 결혼을 이야기해야 결실을 맺을 수 있다.

7. 영원한 판타지

경제적으로는 현실감각이 필요하지만 상대에 대해선 영원한 판타지가 필요하다. '영원히 나를 행복하게 해줄 남자', '내 눈에는 평생 예쁜 여자'라는 판타지가 없다면 결혼을 할 수 없다.

8. 평생 함께 해도 좋은 편안함

같이 있는 게 즐겁기 위해 매번 특별한 뭔가를 해야 한다면 결혼 상대로는 맞지 않다. 함께 있는 것만으로도 즐겁고 보고만 있어도 행복한 그런 편안한 관계가 결혼에 골인한다.

9. 서로의 발전을 이끌어내는 관계

서로 건전한 자극을 주며 각자의 꿈을 이루는데 서로가 가장 큰 지지자라는 느낌을 준다. 남녀로서만이 아니라 인간으로도 좋은 파트너라는 확신을 준다.

10. 이 사람보다 나에게 더 잘 맞는 사람은 없다는 확신

돈 많고, 잘생기고, 예쁘고, 똑똑한 사람은 세상에 얼마든지 있지만 나에게 가장 잘 맞는 사람은 바로 '이 사람'이라는 확신이 있는 커플이 결혼에 성공한다.

011
결혼해도 절대 후회하지 않을 상대를 고르는 7가지 방법

1. 휴일을 즐기는 법

여자는 휴식, 남자는 운동이나 여행을 좋아한다면 휴일 스케줄을 맞추는 것도 스트레스다. 커플이 관심사나 취미가 같다면 엄청난 행운이다.

2. 좋아하는 음식

한, 두 번은 상대 입맛에 맞춰 먹을 수 있지만 매번은 힘들다. 입맛이 너무 다르면 만날 때마다 메뉴를 고르는 것도 일이다. 한쪽이 만족하지 못하는 식사는 이후 데이트에도 영향을 미친다.

3. 금전 감각

의외로 많은 커플이 금전적 문제로 헤어진다. 상대가 너무 쪼잔하거나 혹은 낭비가 심하면 결국 서로를 감당할 수 없다. 결혼을 생각한다면 더 큰 문제가 된다.

4. 개그 코드

다른 말로 하면 '케미'다. 취향을 저격하는 센스만점 멘트는 상대에 대한 애정을 키우지만 당최 의도를 알 수 없는 멘트는 짜증을 부른다. 개그코드가 맞는 상대와는 뭘 해도 즐겁다.

5. 깨끗한 과거

과거 연애 경험이 없는 모솔을 말하는 게 아니다. 과거 인연과의 감정이 하나도 없이 현재에 상대에게 100% 만족해야 한다.

6. 종교

종교는 개인의 가치관과 라이프스타일을 결정하는 중요한 요소다. 종교는 비단 교회냐 절이냐의 문제가 아니라 같은 것에 가치를 두고 같은 행동양식으로 사느냐의 문제다. 종교 문제는 생각보다 극복이 쉽지 않다.

7. 가장 중요한 배려심

상대의 모든 게 내 마음에 들 수는 없다. 서로를 이해하고 배려하는 자세를 가진 사람이라면 어떤 갈등도 헤쳐나갈 수 있다. 이런 사람과 함께할 때 진정 행복하다.

012
결혼해도 절대 변하지 않을 남자 고르는 7가지 방법

1. 기념일을 잊지 않는 남자

결혼은 일상의 연속이다. 기념일마저 그냥 지나치면 결혼 생활이 너무 따분해진다. 연애할 때 작은 기념일도 세심하게 챙기는 남자라면 결혼 후에도 변함없이 여자를 기쁘게 해준다.

2. 서프라이즈 이벤트를 즐기는 남자

소소한 이벤트는 감정을 애틋하게 만드는 기폭제가 된다. 서프라이즈 이벤트로 상대의 기쁜 모습을 보는 것을 즐기는 남자라면 결혼 후에도 언제든 연애 시절의 애틋한 감정을 살려낸다.

3. 여자의 말을 잘 들어주는 남자

연애할 때 여자의 말을 주의 깊게 듣지 않거나 대화하는 것을 싫어하는 남자라면 결혼생활이 힘들 수 있다. 여자의 이야기에 귀 기울이는 남자라야 여자의 바람과 현재 상태를 이해하고 적절한 배려를 할 수 있다.

4. 자신의 잘못을 인정하는 남자

자신의 잘못을 알지만 이를 인정도 사과도 않는 남자도 있다. 이런 남자라면 결혼 생활이 피곤할 수밖에 없다. 자신의 잘못을 인정하고 바로 사과하는 남자라야 애처가가 될 수 있다.

5. 자신의 마음을 제대로 표현하는 남자

생각보다 말주변 없는 남자들이 많다. 마음과 다른 말로 여자에게 상처 주고 오해가 쌓여 결국은 관계를 망친다. 자신의 마음을 제대로 표현하는 남자여야 결혼 후에도 서로의 마음이 변치 않는다.

6. 행동으로 말하는 남자

여자의 어려움을 말뿐인 위로가 아닌 실제 행동으로 도와주는 남자라면 결혼을 생각해도 좋다. 결혼 후 함께 헤쳐나갈 많은 어려움 속에서 여자를 지켜주는 든든한 버팀목이 될 남자다.

7. 무엇이 여자를 기쁘게 하는지 아는 남자

자신의 어떤 행동이 여자를 기쁘게 하고 슬프게 하는지 아는 남자여야 한다. 여자에 대해 아는 남자가 더 많은 사랑과 행복을 준다.

8. 지나친 스킨십을 하지 않는 남자

때와 장소를 가리지 않는 맥락 없는 스킨십 시도로 관계를 망친다. 상대 입장에선 내가 좋은 건지, 내 몸이 좋은 건지 헷갈린다.

9. 미래에 대한 계획 부재

미래를 위한 계획과 노력이 전혀 없다. 당장 사귀는 건 좋은데 오래 사귈 사람은 아니란 생각에 마음이 멀어진다.

10. 참견 많은 주변인이 없다

주위에서 도움 안 되는 참견을 하는 가족, 친구, 선후배가 많다면 둘은 싸울 일이 없는데 이들 때문에 오해가 쌓여 결국 헤어지게 된다.

013
여자가 결혼을 결심하는 순간들

1. 연인의 믿음직스러운 모습을 볼 때

결혼의 전제조건은 신뢰다. 믿음직스러운 연인의 모습은 결혼을 결심하는 가장 결정적인 이유다.

2. 서로 잘 통한다고 느낄 때

성격을 넘어 가치관과 종교, 정치 성향까지 서로 너무 잘 통한다고 느낄 때. 이 남자와 함께라면 평생 재미있게 살 수 있겠다는 생각이 든다.

3. 남자의 아버지가 가정적일 때

아버지는 아들의 미래 모습이다. 가정적인 아버지 밑에서 자란 아들이 가정적일 거라는 기대는 너무나 합리적이다.

4. 친한 친구들이 결혼할 때

결혼이 가장 현실적으로 다가오는 순간이다. 친한 친구들이 하나, 둘 결혼하면 어느 순간 혼자 남을 미래가 두려워진다. 결혼 문제가 미래가 아닌 현실이 된다.

5. 데이트하고 헤어지기 싫을 때

매번 만나고 헤어지고 하는 게 이젠 싫다고 느껴진다. 이 남자와 최대한 오래 같이 있는 방법이 결혼이라고 생각된다.

6. 결혼하고 행복한 지인을 볼 때

결혼하고 너무 행복한 지인을 보면 결혼에 대한 호기심이 생긴다. 남자친구와 결혼해 행복한 가정을 꾸리는 자신의 모습을 상상한다.

7. 미래 계획에 연인이 포함될 때

어느 순간 미래 계획에 늘 연인이 포함된다. 그가 없는 미래를 그릴 수 없다고 느낄 때 결혼이 이뤄진다.

014
남자가 '이 여자와 결혼하고 싶다'라고 느끼는 5가지 순간들

1. 직관적으로 '이 사람'이라고 느낄 때

사랑은 비과학의 영역이다. 심장이 두근거리고 언젠가 만난 듯한 기시감이 든다. 우연이 반복되거나 상대에 대한 이유 없는 자신감이 생기기도 한다. 이런 상황이라면 직관적으로 알 수 있다. '이 사람'이라는 것을.

2. 가정적인 모습을 봤을 때

가사를 무리 없이 해내거나 남자의 미래까지 배려하는 모습에서 남자는 여자에 대한 확신을 갖는다. 맛있는 요리는 만들고 낭비하지 않는 '좋은 아내' 모습에 남자는 흔들린다.

3. 상대와의 시간에 편안함을 느낄 때

다른 사람에게는 보여주지 않는 솔직한 자신을 표현하고 있다면 상대는 남자에게 특별한 사람이다. 늘 무언가를 꾸며야 하는 불편함 대신 자신의 본성을 그대로 드러낼 수 있는 편안함에서 남자는 결혼을 결심한다.

4. 자신의 취향이나 바람을 강요하지 않는 여자란 걸 알았을 때

남자의 첫 연애는 대부분 여자에게 휘둘리는 경우가 많다. 자신의 생각과 의견을 버리고 상대의 기분을 맞추는데 급급했다. 하지만 경험이 쌓일수록 나를 나로서 존재하게 해주는 여자에게 매력을 느낀다.

5. 적당한 자유를 허락할 때

종종 연애를 구속으로 여기는 남자가 있다. 결혼은 인생의 무덤이라고 생각한다. 인간관계의 제약, 취미생활의 단절, 통금시간의 부활 등은 남자라면 피하고 싶은 상황이다. '이 여자라면 적당한 자유를 가질 수 있겠다'라고 느낀다면 그는 당신에게 청혼할 것이다.

015

결혼하면 장점이 되는 남자친구의 단점

1. 친구가 많지 않다

친구가 적는 게 내성적이고 폐쇄적으로 보일 수 있지만 결혼하면 누구보다 가정에 충실한 남편이 된다.

2. 무심한 스타일

연애할 때는 무심한 모습에 서운할 수 있지만 결혼하면 간섭 없이 각자의 삶을 존중하는 남편이 된다.

3. 추진력이 없다

연애할 때는 답답할 수 있지만 결혼 후에는 여자의 결정을 우선하는 좋은 남편이 된다.

4. 가족끼리 친하지 않다

결혼 전에는 가정에 문제가 있는 것도 같지만 결혼 후에는 상대 가족에 터치가 적어 최고의 배우자 감이다.

5. 재미가 없다

나만 아니라 다른 여자 앞에서도 재미없는 남자다. 결혼 후 바람 걱정이 없다.

6. 매사에 진지하다

매사에 지나치게 진지한 모습에 짜증 날 수도 있지만 결혼하면 남편의 역할에 최선을 다하는 남자다.

7. 쩨쩨하다

연애 때는 돈 안 쓰는 모습에 짜증 나지만 결혼 후에는 쓸 데 없는데 돈 안 쓰는 최고의 남편이다.

CHAPTER 5.
사랑할 때 알아야 할 것들

001
절대주의!
어장관리 잘하는 사람들의 특징

1. 핸드폰을 절대 상대방에게 공개하지 않는다

2. 전화 온 사람이 누구냐고 물어보면 어물쩍 넘어간다

3. 남사친, 여사친이 많다

4. 갑자기 연락해서 보고 싶다고 한다

5. 내가 만나고 싶을 때는 항상 약속이 있다

6. 사귀는 건 아니지만 스킨십은 한다

7. 나를 좋아하는 것 같지만 고백은 하지 않는다

8. 고백하려고 하면 화제를 돌린다

9. 소개팅을 부탁하면 안 된다고 한다

10. 언젠가는 나를 떠날 것 같은 느낌이 든다

002
나쁜 남자만 좋아하는 여자들의 5가지 특징

1. 섣부른 믿음

남의 말을 쉽게 믿어 버리는 사람은 나쁜 남자에게 걸려들기 쉽다. 남자의 말을 조금만 더 냉정하게 생각해보면 그 남자의 진심을 알 수 있다.

2. 외모 중시

남자든 여자든 얼굴 값을 하기 마련이다. 외모보다는 성격과 가치관을 봐야 나쁜 남자에게 빠지지 않는다.

3. 모성본능

모성본능이 강한 여자는 남자의 모든 것을 긍정적으로 본다. 여자의 이런 성향을 이용하는 사람이 바로 나쁜 남자다.

4. 부족한 연애 경험

연애 경험이 부족하면 좋은 남자를 선별하는 판단력이 부족하다. 나쁜 남자다 싶으면 경험 많은 친구들의 조언을 따르는 것이 좋다.

5. 지나친 적극성

간절한 사람이 '을'이 되는 법이다. 상대의 간절함을 알게 되면 누구든 '갑'이 될 수 있다. 지나치게 적극적으로 나가지 말고 시간을 갖고 천천히 관계를 만들어 나가자.

003

절대 한 번이라도 만나면 안 되는 최악의 남자들

1. 하루 종일 게임만 하면서 게임에 몇 백만 원씩 쓰는 한심남

2. 나랑 있을 때도 스마트폰만 하는 스마트폰 중독남

3. 데이트 폭력 시전하는 쓰레기남

4. 모은 돈은 하나도 없고 빚만 있는 무일푼남

5. 나랑 사귀면서 이전 여자친구하고 연락하는 양다리남

6. 나를 위해 만원 쓰는 것도 아까워하는 좀생남

7. 나 몰래 성매매 업소 갔다 온 범법자

8. 내 앞에서 우리 가족 흉보는 무개념남

9. 한 회사를 3달 이상 못 다니는 사회 부적응남

10. 여기저기 가는 곳마다 계산하고 다니는 허세남

004

이런 남자 절대 만나지 말자!
바람둥이의 전형적인 특징

1. 자연스러운 가벼운 터치

처음 만난 자리에서도 가벼운 터치를 한다. 이런 남자는 바람둥이가 아니더라도 주변에 여사친이 많아 사귀면 스트레스를 받는다.

2. 연락이 자주 끊긴다

데이트하는 동안은 열성적이지만 데이트 이후에는 연락이 잘 안된다. 이런저런 핑계로 연락을 자주 끊기는 남자는 조심해야 한다.

3. 다른 여자를 힐끔거린다

길에서도 카페에서도 무의적으로 다른 여자를 힐끔거린다. 바람둥이의 본능이 꿈틀대는 것이다.

4. 상황을 대충 넘기려고 한다

분명 문제가 있는 상황인데 해명이나 설명 대신 웃으면서 대충 넘기려고 한다. 당장 상황만 넘기려는 사람은 바람둥이일 가능성이 크다.

5.여사친이 많다

여사친이 많다는 건 여자와 관계를 맺는데 그만큼 능숙하다는 뜻이다. 당장 친구라고 하지만 남녀 사이에 100% 친구는 없다. 여사친 문제로 연애하는 동안 계속 속앓이를 할 수 있다.

6. 이름이 아니라 애칭으로 부른다

만난 지 얼마 안 됐는데 이름이 아니라 애칭으로 부른다면 의심해 보자. 다른 여자 이름과 헷갈리지 않기 위해 애칭으로 부를 수도 있다.

7. 휴대폰을 절대 꺼내놓지 않는다

카페든 식당이든 차 안이든 절대 휴대폰을 꺼내놓지 않는다. 당신 앞에서 절대 휴대폰을 보지 않는다면 한 번쯤 의심해보는 게 좋다.

005
여자의 삶을 풍요롭게 해주는 가치 있는 남자 BEST 10

1. 늘 당신이 사랑받고 있음을 상기시켜 주는 남자

2. 한결같은 마음으로 당신을 지지하는 남자

3. 당신이 더 나은 사람이 되고 싶도록 동기부여해 주는 남자

4. 작은 일에도 성실한 남자

5. 자기계발을 위해 늘 노력하는 남자

6. 당신에게 불안함 대신 안정감을 주는 남자

7. 당신에게 비밀 없이 모든 걸 공유하는 남자

8. 당신에게만 친절한 남자

9. 함께하는 시간을 소중하게 생각하는 남자

10. 당신이 기쁠 때든 슬플 때든 늘 당신 곁에 있는 남자

006

놓치면 평생 후회할 진짜 좋은 남자 BEST 10

1. 분명한 비전이 있는 남자

자신의 생각과 의지로 미래를 설계하는 남자.

2. 여자를 중심으로 생각하는 남자

자신이 아닌 여자를 중심으로 생각하고 배려하는 남자.

3. 말하는 것보다 듣는 것을 좋아하는 남자

여자의 생각과 라이프스타일을 먼저 이해하고 존중하는 남자.

4. 잘못을 솔직하게 인정하는 남자

쓸데없는 허세나 고집이 없는 남자. 의외로 이런 남자 많지 않다.

5. 내 주변 사람들과 잘 지내는 남자

연애가 깊어질수록 내 연인과 내 주변 사람과의 관계도 깊어지는 법. 내 주변 사람과 어울리는 것에 피로감을 느낀다면 둘의 관계도 부정적인 영향을 받을 수밖에 없다.

6. 인간적으로 매력 있는 남자

이성적인 매력으로 연애가 시작되지만 시간이 지날수록 이성적인 매력의 중요성은 낮아진다 이성이 아닌 인간적으로 멋지고 배울 점 있는 상대라야 애정이 더 깊어진다.

7. 주는 것에 행복을 느끼는 남자

자신을 만족시키는 상대를 찾는 것이 아니라 상대를 만족시키기 위해 먼저 노력하는 남자.

8. 케미가 맞는 남자

외모나 경제적 조건보다 '케미'를 우선순위에 둬야 연애가 행복하다. 반대로 '케미'가 맞는 남자를 놓치면 평생 후회한다.

9. 로맨틱한 남자

세상에 찌들어 사랑하는 방법도 잊은 남자 말고 세상 가장 달달하게 내 옆에서 사랑을 속삭여주는 남자.

10. 나만 아는 바보

평생 나만 사랑하고 나만 바라보는 남자. 한결같은 마음으로 나만 사랑하는 남자.

007
나에게 평생 잘 할 헌신적인 남자 고르는 7가지 방법

1. 자기 자랑이 많지 않은 남자

과시욕과 인정욕이 큰 남자는 대개 자기중심적인 성향이 있다. 자기 자신을 드러내지 않는 남자라면 자신보다 여자를 더 아끼고 사랑하며 여자의 기쁨에서 행복을 느낀다.

2. 바빠도 자주 연락하는 남자

한가할 때 연락은 누구나 한다. 여자가 외롭지 않게 바쁘지만 틈틈이 시간을 내 자주 전화와 문자를 하는 남자라야 한다.

3. 취미보다 여자와의 시간을 소중히 여기는 남자

여가시간에 자신이 좋아하는 취미를 혼자 하는 것보다 무엇이든 여자와 함께 하려는 남자라면 평생을 함께할 만하다.

4."내가 어떻게 해줄까?"

말뿐인 위로나 공감은 누구든 할 수 있다. 고민을 말할 때 "내가 어떻게 해줄까?"라고 묻는 남자는 당신을 위해 평생 헌신할 각오가 돼 있는 남자다.

5. 무조건 내 편인 남자

여자에게 필요한 것은 무조건 내 편인 남자다. 가끔 이성적으로 이해 안 되더라도 무조건 여자 편을 드는 남자라야 한다.

6. 피곤해도 만나러 오는 남자

피곤하면 있던 약속도 취소하고 집에서 쉬고 싶은 것이 보통 남자다. 이런 성향은 관계가 오래될수록 더해진다. 아무리 피곤해도 여자와의 만남을 소중히 하는 남자면 평생을 믿어도 된다.

7. 자신의 부족함을 탓하는 남자

연인 관계도 오르내림이 있기 마련이다. 관계가 좋지 않을 때 상대에게서 이유를 찾는 남자는 최악이다. 좋지 않는 관계를 만든 자신의 부족함을 탓하는 남자라면 인생의 희로애락을 함께 해도 좋다.

008

나만 사랑하는 '한결같은 남자'를 찾는 10가지 방법

1. 물건을 자주 안 바꾸는 사람

자신의 물건에 애착을 갖는 사람은 연인과의 관계도 오래 이어나갈 확률이 높다.

2. 예의 바른 사람

가게 점원에게 공손하게 말하는 사람을 만나자. 사소한 말 한마디에도 그 사람의 인격이 드러나는 법이다.

3. 자신의 취향이 명확한 사람

취향이 명확하면 선택도 확실하다. 이런 사람들은 자신이 반한 사람 외에는 다른 사람에게 쉽게 관심을 돌리지 않는다.

4. 낯가림이 있는 사람

낯가림이 있는 사람과 한번 친해지면 그 관계가 오랜 시간 지속된다. 그 사람에게 그만큼 소중한 관계이기 때문이다.

5. 꾸준히 반복하는 사람

같은 작업을 반복적으로 실행하는 것을 좋아하는 사람은 오래된 연인에게도 쉽게 질려 하지 않는다.

6. 약속을 소중히 생각하는 사람

지각하거나 약속을 취소하는 것을 쉽게 생각하는 사람은 불성실한 경우가 많다.

7. 휴대폰을 보여주는 사람

'휴대폰 좀 빌려줘'라고 했을 때 '왜'라고 하며 머뭇거리면 다시 한번 의심해봐야 한다.

8. 거짓말이 서툰 사람

스스로 거짓말이 서툴다고 느끼는 사람은 순수하고 한결같은 성격을 가지고 있는 사람이다.

9. 가족을 소중히 생각하는 사람

마마보이는 피해야 하지만 가족에 애착이 큰 사람은 결혼 후에도 자신의 가족에 대한 사랑이 크다.

10.'일'을 인생의 목표로 삼지 않는 사람

일로 크게 성공하고 싶은 사람이 매력적으로 보일 수 있다. 하지만 사귀다 보면 자연스럽게 자신이 일에 밀려나는 모습을 보게 된다.

009
절대 바람피우지 않는 남자를 고르는 6가지 방법

1. 돈에 대해 엄격한 남자

현실적으로 연애에는 돈이 든다. 쓸데없는 곳에 돈 쓰는 것을 싫어하는 사람일수록 바람피우는데 돈을 쓰고 싶어 하지 않는다.

2. 자신이 열중하는 것을 가진 남자

일이나 취미 등 자신이 열중하는 것을 가진 남자일수록 외도에 관심이 없다.

3. 스스로 거짓말을 못한다고 생각하는 남자

여자의 육감은 무섭다. 스스로 거짓말을 못한다고 생각하는 남자라면 여자를 속일 엄두를 내지 못한다.

4. 바람을 시간 낭비라고 생각하는 사람

여러 여자와 노는 것보다 1명의 여자와 신뢰를 쌓는 것이 더 좋다고 생각한다. 잠시 스치는 여자에게 시간과 비용을 지출하는 것을 비효율이라고 여긴다.

5. 자신의 의견을 분명히 말하는 남자

'노'라고 말하는 것을 어려워하는 사람들이 있다. 원치 않는 이성의 호의에 대해 '노'라고 말하는 남자라면 불필요한 스캔들을 만들지 않는다.

6. 자신의 소지품을 소중하게 다루는 남자

지갑이나 가방 등 자신의 물건을 소중히 다루는 남성은 연인과의 신의 역시 소중하게 여긴다.

010
만나면 만날수록 괜찮은 여자의 공통점

1. 작은 건 쿨하게 넘길 줄 아는 여자

자존감 높은 여성은 사사건건 따지지 않는다. 자신에 대한 믿음을 기반으로 성장한 사람이라 상대에 대한 믿음도 가득하다.

2. 비싼 선물보다 정성을 좋아하는 여자

경제력보다 남자친구의 정성에 더 감동하는 여자. 그런 여자의 마음에 남자는 더 큰 감동을 느낀다.

3. 이야기를 잘 들어주는 여자

힘들 때 기댈 수 있고 필요할 때 조언을 주는, 함께 있으면 힘이 되는 여자.

4. 비교하지 않는 여자

남자의 자존심을 지켜주는 여자. 다른 남자와 비교하지 않으며 남자가 최고라는 말을 아끼지 않는다.

5. 남자가 초라해 보일 때도 곁에 있어주는 여자

남자가 어려운 일이 생겨도, 빛이 나지 않아도 남자를 떠나지 않을 거란 믿음을 주는 여자.

6. 있는 그대로를 좋아해 주는 여자

자신의 남자를 완벽한 남자로 만들려는 여자가 있다. 하지만 정말 괜찮은 여자는 남자의 결점마저 받아들인다. 남자를 있는 그대로 좋아해 주는 여자는 그 방식 그대로 남자에게 사랑받는다.

7. 가끔 서프라이즈를 하는 여자

이벤트는 남자의 전유물이 아니다. 예상 밖의 서프라이즈에 남자는 더욱 감동한다. 작은 정성의 표현은 여자를 더욱 매력적으로 만들어 준다.

011
남사친-여사친이 연인이 되면 좋은 이유 7가지

1. 당신에 대해 너무 잘 안다

당신이 어떤 걸 좋아하고 또 싫어하는지 잘 알고 있어 처음부터 알려줄 필요가 없다.

2. 이미 함께 한 시간이 쌓여있다

연인 사이가 아닌 친구로서 쌓아온 추억들이 이미 많아 관계에 좋은 영양분이 돼 준다.

3. 서로의 치부를 알고 있다

서로의 약점을 잘 알고 있어 대부분의 커플이 연애 초기에 서로에 대해 몰라서 겪는 사소한 싸움을 피할 수 있다.

4. 주위 사람들과 돈독해진다

둘의 관계를 둘러싸고 있는 가족, 친구들과 더 가까워지고 돈독한 사이로 발전하게 된다.

5. 사소한 행동을 캐치한다

당신이 어떤 기분이고 어떤 상황인지 빠르게 알아채고 적당한 대안을 마련한다.

6. 이미 너무 편하다

친구 때부터 볼꼴 못 볼꼴 다 본 사이라 불필요한 긴장이 없다. 함께 있는 시간이 너무 편하다.

7. 서로의 지난 연애사를 알고 있다

서로가 어떤 연애로 힘들어했는지 알고 있다. 적어도 같은 이유로는 힘들게 하지 않는다.

CHAPTER 6.
알면 도움되는 시시콜콜한 연애상식

001
별자리로 알아보는 여자들의 연애성향

1. 물병자리(1월 21~2월 18일)

물병자리 여자는 이성의 외모보다 남자의 능력과 조건, 가능성에 더 큰 점수를 준다. 자신이 생각한 기준에 맞는 남자가 아니면 마음을 열지 않아 오랜 시간 솔로일 수 있다.

2. 물고기자리(2월 19일~3월 20일)

한 남자만 사랑하고 한 남자와 영원을 꿈꾸는 지고지순형. 마음이 약해 좋아하는 남자를 친구에게 양보하고 마음 아파하기도 한다. 이룰 수 없는 사랑을 소중히 여겨 긴 짝사랑을 한다.

3. 양자리(3월 21일~4월 19일)

적극적으로 사랑을 쟁취하는 타입. 마음에 드는 남자가 생기면 먼저 다가가 호감을 보인다. 그러면서도 먼저 남자가 고백하게 만드는 놀라운 기술을 가졌다. 누구나 부러워하는 연애술사.

4. 황소자리(4월 20일~5월 20일)

황소자리 여자는 늘 진정한 사랑을 갈구하지만 반대로 마음 속 외로움이 가장 많다. 쉽게 정을 주지도 받지도 못한다. 썸을 타다가도 남자에게 의지하는 자신이 두려워 관계를 끝내곤 한다.

5. 쌍둥이자리(5월 21~6월 21일)

연애를 원하지만 자신의 삶을 옭아매는 것은 거부한다. 결과적으로 연애와 이별을 반복하며 새로운 사랑을 찾아 헤맨다. 원하는 사랑을 위해선 조금은 자신의 자유분방함을 다스릴 줄 알아야 한다.

6. 게자리(6월 22일~7월 22일)

사랑하는 사람에게 헌신적으로 노력하는 여자다. 마음이 여리고 눈물도 많다. 늘 상대에게 사랑받고 있는지 확인하고 싶어 한다. 하지만 인연이 아닌 남자에게는 매정하고 얼음처럼 차갑다.

7. 사자자리(7월 23일~8월 22일)

사랑을 위해 모든 걸 포기할 수 있는 정열적인 여자다. 상대의 조건보다는 느낌이나 공감대를 더 중요하게 생각한다. 가끔 사랑에 눈이 멀어 잘못된 판단을 하기도 한다.

8. 처녀자리(8월 23일~9월 22일)

연애에 모든 것을 올인하지 않는 현실적인 타입. 갑자기 타오르는 사랑보다는 은근하게 달궈지는 연애를 선호한다. 저돌적으로 대시하는 남자보다 친구처럼 오래 알고 지낸 남자에게 끌린다.

9. 천칭자리(9월 23일~10월 22일)

천칭자리 여자는 타고난 연애 박사다. 이성의 마음을 흔들고 정복하는 기술이 몸에 배어있다. 필이 꽂히면 금방 사랑에 빠지지만 갑자기 식어 버리는 성향이 있어 많은 남자를 울리는 여자다.

10. 전갈자리(10월 23일~11월 22일)

남자에게 시종일관 사랑의 확인을 요구하는 조금은 피곤한 스타일. 연상보다는 편하게 대할 수 있는 동갑이나 연하를 선호한다. 남자가 가끔 듣기 싫은 소리를 하면 참지 못한다.

11. 사수자리(11월 23일~12월 21일)

느낌이 통하는 남자라면 조건이 중요하지 않다. 속박당하는 걸 싫어하지만 정작 애인이 생기면 애인의 기준에 맞추려고 노력한다. 자신보다 연인의 행복이 우선이다.

12. 염소자리(12월 22일~1월 20일)

구차하게 사랑을 애걸하지 않는다. 자신이 좋아하는 남자가 자신을 좋아하지 않으면 마음을 닫는다. 순간의 설렘보다는 평생을 함께 할 편안한 남자를 원한다.

002
별자리로 알아보는 남자들의 연애 이상형

1. 물병자리(1월 21~2월 18일)

물병자리 남자는 좋게 말하면 박애주의자, 나쁘게 말하면 바람둥이다. 모든 사람에게 친절해 여자들이 '혹시 나를 좋아하는 게 아닌가'라는 오해를 갖게 한다. 자존심이 강해 자존심을 건드리는 여자는 좋아하지 않는다. 또 너무 착하기만 한 여자도 재미없어 한다. 시원시원한 성격에 적당히 밀당도 하는 여자에게 끌린다.

2. 물고기자리(2월 19일~3월 20일)

자기만의 세계가 있어 연애를 해도 모든 것을 털어놓지 않는다. 하지만 한번 마음을 연 사람을 위해 자신을 희생할 수 있는 순정남이다. 자신과 생각이 맞고 자신의 말에 적극 공감하는 여자에게 매력을 느낀다. 특히 잘 웃는 여자를 좋아한다. 미식가라 요리를 잘하는 여자라면 플러스 요인이다.

3. 양자리(3월 21일~4월 19일)

상대를 믿고 의지하는 순간 본성이 드러난다. 연애 때는 친절하고 상냥하게 여자에게 다 맞춰주지만 결혼 후에는 화내고 짜증 내는 경우가 많다. 우는 여자를 싫어하지만 실제 여자가 울면 어쩔 줄 모르고 쩔쩔매는 남자다. 공주병을 싫어하고 연락을 자주 하는 것도 별로다. 글래머보다 작고 귀여운 여자를 좋아한다. 명랑하고 발랄한 여동생 같은 여자에게 끌린다.

4. 황소자리(4월 20일~5월 20일)

목표를 이루기 위해 꾸준히 노력하는 남자다. 사랑도 마찬가지로 좋아하는 여자가 생기면 연애에 성공할 때까지 끈질기게 노력한다. 순종적이고 차분한 여자를 좋아한다. 아담하고 청초한 여자라면 더욱 좋다. 만약 황소자리 남자를 좋아한다면 질투를 유발하는 것도 효과적이다.

5. 쌍둥이자리(5월 21~6월 21일)

유행에 민감하고 패션 감각이 뛰어나다. 선천적인 외모도 훌륭한 편이다. 소위 말하는 '킹카'가 많지만 그만큼 한 여자에게 정착하지 못하고 변덕이 심하기도 하다. 쌍둥이자리 남자는 여자 외모를 가장 중요하게 생각한다. 성격이나 가치관은 두 번

째고 예쁜 게 우선이다.

6. 게자리(6월 22일~7월 22일)

배려심 깊고 매너 좋은 남자지만 혼자 고민하고 혼자 포기하는 소심남이기도 하다. 게자리 남자를 좋아한다면 너무 튕기는 것은 좋지 않다. 긴 생머리에 큰 눈, 가녀린 몸매 등 전통적인 여성상을 원한다. 밀당을 하는 여자보다는 자신의 관심에 바로 응답해 주는 솔직한 여자에게 매력을 느낀다.

7. 사자자리(7월 23일~8월 22일)

심지가 곧고 주관이 뚜렷한 남자 중의 남자다. 허세가 있는 기분파로 예술가 기질도 다분하다. 자신보다 더 카리스마 있는 여자에게 끌린다. 칭찬에 약해 자신을 인정해 주는 여자에게 금방 마음을 연다. 기분파에 마초처럼 보이기도 하지만 사랑하는 여자 앞에선 순한 양으로 돌변한다.

8. 처녀자리(8월 23일~9월 22일)

첫인상은 차갑지만 알면 알수록 다정하고 상냥한 남자다. 지성과 매너를 겸비한 젠틀맨이 처녀자리 남자다. 순수하고 꾸밈

없는 여자를 좋아해 가식이나 내숭이 심한 여자에겐 마음을 닫는다. 자신을 가꾸지 않는 여자, 무례한 여자, 척하는 여자도 마찬가지다. 지적이고 우아한 여자가 처녀자리 남자의 이상형이다.

9. 천칭자리(9월 23일~10월 22일)

목표 지향적이고 성공에 대한 욕구가 강하다. 인간관계도 미래 성공을 위해 전략적으로 하는 성향이 있다. 자기애가 강해 가끔은 왕자병으로 보이기도 한다. 여자가 자신보다 부족하면 안 된다고 생각해 품위 있고 고급스러운 여자를 원한다. 외모뿐만 아니라 지적 수준도 중요하게 생각하고 학벌에도 민감하다.

10. 전갈자리(10월 23일~11월 22일)

정의롭고 예리하다. 부정하게 이기는 것보다 떳떳하게 지는 걸 택하는 남자다. 시련을 겪을수록 단단해진다. 단거리보다는 마라톤이 어울리는 사람이다. 여자는 자신과 비슷하거나 아니면 정반대에게 끌린다. 기가 센 여자보다는 온화하고 성실한 여자를 좋아한다. 외모 중에서는 눈을 가장 많이 본다. 쌍꺼풀에 큰 눈을 가진 여자를 선호한다. 과감한 패션을 선보이는 여자에게도 매력을 느낀다.

11. 사수자리(11월 23일~12월 21일)

낙천적이고 긍정적이다. 같이 있는 것만으로도 유쾌해진다. 여행을 좋아해 어딜 가든 친구가 있다. 시야가 넓고 생각이 깊다. 얽매이는 걸 싫어해 구속하는 여자는 밀어낸다. 자신의 라이프 스타일을 존중해 주고 만나면 휴식이 되는 여자를 선호한다. 남자의 주변 사람과 잘 어울리는 여자라면 오케이다.

12. 염소자리(12월 22일~1월 20일)

여리고 정이 많은 남자다. 예의 바르고 주변 사람들을 끝까지 믿고 챙기는 의리남이기도 하다. 염소자리 남자는 하늘하늘한 청순가련형 여자에게 매력을 느낀다. 지나친 애교는 질색이다. 차분하고 말없이 배려하는 여자를 원한다.

003
애인이 생길 거라는 7가지 예지몽

1. 바람피우는 꿈

강한 성적 어필로 대시하면 성공할 확률이 높다. 특히 주변 사람과 잘 될 가능성이 높다.

2. 누군가한테 먼지 나게 맞는 꿈

꿈은 현실과 반대라는 말이 있다. 꿈에서 호되게 맞는 건 현실에서 누군가에게 뜨거운 관심을 받는다는 의미다. 그리고 그 사람은 꿈에서 당신을 때린 사람이다.

3. 학교나 회사에 지각하는 꿈

지각하는 꿈은 이성을 만날 기회가 찾아온다는, 솔로에겐 더할 나위 없이 좋은 꿈이다.

4. 과일 따는 꿈

꿈에서 과일나무를 본다면 반드시 푸른 과일이나 노란 과일을 따는 게 좋다. 이 과일들을 따면 새로운 만남이 이뤄진다.

5. 치고받으며 싸우는 꿈

싸우는 꿈은 상대와 깊은 관계로 발전하는 꿈이다. 이성과 싸우는 꿈을 꿨다면 연인으로 발전할 가능성이 크다.

6. 신나게 춤추는 꿈

꿈에서 신나게 춤춘다는 건 곧 사랑에 빠진다는 것을 의미한다. 같이 춤을 춘 사람이 있으면 당신을 그 사람에게 관심이 있다는 뜻이다.

7. 욕조에서 목욕하는 꿈

꿈에서 목욕하는 장면이 나온다면 연애 운이 상승한다는 것을 말한다. 좋은 사람이 곧 나타날 거란 징조다.

004

키스 후 반응으로 엿보는 그 여자의 숨은 성향

1. 키스하는 중간에 눈뜨는 여자

대부분 지는 것을 싫어하며 자존심이 세다. 여자를 잘 리드하는 남자를 좋아한다.

2. 키스한 후 시선을 맞추는 여자

꼼꼼한 성격을 가진 경우가 많다. 즉흥적으로 행동하는 남자를 만나면 힘들어한다.

3. 키스할 때 눈을 감는 여자

침착하면서도 냉정해 사리분별이 확실하다. 누구보다 이성적이어서 계획 짜는 걸 좋아한다.

4. 키스 후 시선을 아래로 떨어뜨리는 여자

꾸밈없으면서도 솔직한 성격의 소유자다. 있는 그대로 마음을 표현하며 밀당을 못한다.

5. 키스 후에도 태연한 여자

평소 큰일에 태연한 강심장이다. 사랑도 일도 똑 부러지게 하는 스타일이다.

6. 키스 후 어깨에 기대는 여자

마음이 여리고 외로움을 잘 탄다. 진심 어린 말 한마디에 쉽게 감동하는 스타일이다.

7. 키스할 때가 되면 분위기 돌리는 여자

영리하면서도 여우 같은 면이 있다. 누군가에게 절대 끌려다니는 법이 없다.

005

포옹하는 자세로 알아보는 내 연인의 성격

1. 뒤에서 안는 포옹

상대방이 뒤에서 안아주는 백허그를 선호한다면 보호받는 것을 좋아하고 당신이 생각하는 것보다 더 많은 애정표현을 받고 싶어 하는 사람이다.

2. 얼굴을 파묻는 포옹

포옹할 때 상대방의 가슴이나 어깨에 얼굴을 파묻는 사람은 인내심이 강하고 매사에 긍정적인 사람이다. 또 항상 에너지가 넘쳐 주변 사람에게 비타민 같은 존재다.

3. 온몸을 밀착하는 포옹

포옹을 할 때 온몸을 밀착하는 사람은 소유욕과 지배욕이 강하다. 고집이 세거나 욕심이 많은 편은 아니지만 자신의 것이라 생각하면 절대 남에게 뻐기지 않는다.

4. 등을 토닥이는 포옹

등을 토닥이는 포옹은 상대에 대한 배려심이 많고 책임감이 강해 주변을 잘 챙기는 타입이다. 마음속은 굉장히 여리고 감성이 풍부해 상처도 쉽게 받고 눈물도 많다.

5. 손을 상대 목뒤로 두르는 포옹

한쪽 손을 상대의 목뒤에 두르는 포옹은 사람을 잘 믿으며 믿는 만큼 상대에게 자신도 믿음을 주려고 노력하는 타입이다. 솔직한 성격 탓에 거짓말을 잘 못하고 외로움을 많이 타 주변 사람에게 많이 의지한다.

6. 엉덩이를 뒤로 빼는 포옹

포옹할 때 엉덩이를 뒤로 빼는 사람은 신중하고 고려할 사항이 많아 행동보다는 생각이 앞서는 사람이 많다. 매사에 조심성이 많은 타입이다.

7. 머리를 감싸는 포옹

상대의 머리를 감싸며 포옹하는 사람은 리더십이 강하고 무뚝뚝해 보이지만 한번 사랑에 빠지면 쉽게 빠져나오지 못하는 순정파가 많다.

8. 들어 안는 포옹

안은 상태에서 상대방을 들어 올리는 사람은 열정과 욕심이 많으며 시작을 하면 끝을 보는 성격을 가지고 있다. 또 유머 감각이 뛰어나 인기가 많다.

006

태어난 요일로 알아보는 남자들의 연애성향

1. 월요일 - 응석 많은 로맨티시스트

월요일에 태어난 남자는 감정이 풍부하고 인간미 넘치는 로맨티시스트다. 응석 많고 귀여운 연하 타입으로 연상녀와 궁합이 좋다. 하지만 자기중심적 경향이 강해 원만한 연애를 위해선 여자의 이해와 양보가 필요하다.

2. 화요일 - 뜨겁게 사랑하는 열정남

화요일에 태어난 남자는 완고하지만 부드러운, 양면성을 가진 남자다. 연애에 있어서는 상대가 감당 못 할 정도의 열정을 쏟아낸다. 치열하게 연애하는 타입. 하지만 빨리 끓고 빨리 식는 단점이 있다.

3. 수요일 - 사랑도 신중하게

수요일에 태어난 사람은 신중하고 논리적인 두뇌파다. 연애 상대도 신중하게 선택한다. 고독을 즐기는 성향이 있어 수요일에 태어난 남자를 좋아한다면 친구에서 시작해 서서히 연인으로 발전해야 한다.

4. 목요일 - 낙천적인 인기남

목요일에 태어난 남자는 타고난 낙천적 성격으로 주위에서 사랑받는 인기남이다. 연애에 있어서는 자신의 감성을 숨기지 않고 솔직하게 표현한다. 밀당을 못 하는 성격이라 호감을 보이면 그대로 받아들이면 된다. 평소 인기가 많은 덕에 사랑의 라이벌이 많은 건 단점.

5. 금요일 - 친근하고 섬세한

금요일에 태어난 남자는 누구와도 금방 친해지는 친근한 성격을 가졌다. 하지만 그와 연애를 하고 싶다면 말 하나, 행동 하나에도 주의가 필요하다. 섬세한 감성을 지니고 있어 상처를 잘 받지만 남을 배려해 표현하지 않기 때문이다. 남자에 대해 잘 알 때까지 긴장을 풀면 안 된다.

6. 토요일 - 사랑도 노력형

토요일에 태어난 남자는 매사에 성실한 노력형이다. 포부가 큰 만큼 노력도 많이 하는 모범생. 연애도 마찬가지다. 좋아하는 여자가 생기면 그녀의 마음을 얻기 위해 가능한 모든 노력을 다한다. 헌신적이고 배려심 깊은 남자친구를 원한다면 토요일에 태어난 남자가 딱이다.

7. 일요일 - 개성 강한 자유인

일요일에 태어난 남자는 자유로운 것을 좋아해 어딘가에 구속되는 걸 싫어한다. 연애도 마찬가지로 자신의 삶의 방식에 영향을 주는 사람을 원치 않는다. 그와 연인이 되고 싶다면 그가 없는 시간을 즐길 줄 아는 사람이어야 한다.

007
태어난 요일로 알아보는 내 남자-내 여자의 진짜 성격

1. 월요일 - 차분함, 평화주의자

월요일에 태어난 사람은 차분하고 여유롭다. 주위 사람과 갈등을 최대한 피하는 평화주의자. 부지런하고 착실해 주변 사람들에게 큰 신뢰를 받는다.

2. 화요일 - 행동력, 도전정신

화요일에 태어난 사람은 생각보다 행동이 앞선다. 자신의 주관이 강해 남에게 휘둘리지 않고 도전정신이 강하다. 자기주장이 강해 가끔 예의 없는 사람으로 오해받는다.

3. 수요일 - 호기심, 재치

자신의 취미와 라이프 스타일을 중시한다. 항상 새로운 것을 찾아 헤맨다. 하나에 집중하는 것보다 동시에 여러 일을 하는

데 특화됐다. 여자라면 사랑도 금방 타오르고 금방 식는 경향이 있다.

4. 목요일 - 성실함, 다재다능

목요일에 태어난 사람은 다재다능하고 성실하기까지 하다. 다양한 사고를 하며 전략적으로 행동한다. 전형적인 CEO 타입. 딱 부러진 성격 탓에 인간미가 없다는 소리도 듣는다.

5. 금요일 - 개방적, 미의식

감정이 풍부하고 개방적인 성격이다. 하지만 자신의 본심은 정말 친한 사람이 아니면 보이지 않는다. 미의식이 강해 외모에 크게 신경 쓴다. 친구들 사이에선 패피로 꼽힌다.

6. 토요일 - 개성, 마이웨이

자신의 결정과 스타일을 밀고 나가는 개성파 마이웨이 스타일. 타인의 시선에 신경 쓰지 않고 자기 방식대로 행동한다. 그러다 가끔 혼자가 되기도 하지만 혼자 있는 걸 편하게 여겨 크게 신경 쓰지 않는다.

7. 일요일 - 리더십, 싹싹함

자기 일은 알아서 하고 남까지 돕는 싹싹한 스타일. 무리의 중심이 되려는 욕구가 강하고 실제 리더십도 뛰어나다. 가끔 지나치게 자기중심적으로 행동해 욕을 먹기도 하니 주의가 필요하다.

008
사랑에 빠진 A형 여자의 10가지 특성

1. A형 여자는 카톡을 보내는 것이 서툴다. A형 여자에게 먼저 카톡이 왔다면 꽤 큰 용기를 낸 것이다.

2. A형 여자는 자신의 생각을 직접적으로 표현하지 않는다. 그녀 말의 뜻을 잘 간파해야 한다. 작은 선물을 건네며 '네가 좋아하는 거 같아서' 정도로 말하지만 속으로는 '어떡해, 드디어 좋아한다고 고백했어'라고 생각한다.

3. A형 여자는 누군가를 좋아하는 자신을 발견할 때 먼저 두려움을 느낀다. 감정에 맡기기 보다 상대와 상황에 대해 신중히 고민하고 감정을 유지할 것인지 판단한다.

4. A형 여자는 좋아하는 이성에 대해 자세히 알고 싶어 한

다. 그의 과거와 현재는 물론 미래 계획도 중요하다.

5. A형 여자는 신중하고 때론 소심하지만 남자 역시 같은 타입을 원하지는 않는다. A형 여자는 자신과 다른 타입에게 끌린다.

6. A형 여자는 밀당에 약하다. 신중하게 판단하고 좋아하기로 한 사람이 고백한다면 시간 끌지 않고 바로 OK.

7. A형 여자는 연애의 끝을 결혼이라고 생각한다. A형 여자는 학력이 높고 안정된 직장을 가진 남자를 선택하는 경향이 높다.

8. A형 여자는 쉽게 불타고 쉽게 식는 스타일이 아니다. 한번 사랑에 빠지면 한결같은 태도를 보인다.

9. A형 여자는 개인의 공간을 중요하게 생각한다. A형 여자와 가깝다고 생각되는 거리에 있는 남성이라면 그녀의 관

심남일 가능성이 높다.

10. A형 여자는 타인과 일정한 거리를 유지하기 위해 애쓴다. A형 여자는 대부분의 사람에게 깍듯한 경어를 쓴다. 그녀가 조금이라도 느슨한 말투를 쓴다면 어느 정도 마음을 열었다는 뜻이다.

009

사랑에 빠진 AB형 여자의 10가지 특징

1. AB형 여자는 좋아하는 남자에게 마음과는 정반대 행동을 한다. 자신의 마음을 자연스럽게 표현하는데 서툴러 관심남에게 차갑게 대하고 괴로워하기 일쑤다.

2. AB형 여자는 누군가와 연락하는 것을 귀찮아한다. 의미 없는 관계를 유지하기 위해 연락하는 걸 낭비라고 생각해 여간해선 어장관리녀가 없다.

3. 혹 연락을 해야 한다면 최대한 할 말만 간단히 한다. 좋아하는 남자가 아니라면 카톡에서도 이모티콘을 잘 쓰지 않는다.

4. AB형 여자는 눈이 높다. 사회적 지위가 높고 경제적으로

여유 있으며 잘 생긴 남자를 원한다. 현실에 그런 남자가 많지 않다는 걸 알지만 쉽게 포기 못해 골드미스가 되는 경우가 많다.

5. 오랜 연애해도 헤어지는 경우가 많다. 자신을 표현하는데 서툰 탓에 원치 않는 오해와 감정 소모가 쌓여 이별로 이어진다.

6. AB형 여자는 감정 표현에 서툴고 외로워한다. 그런 자신을 이해하고 자신의 장점을 인정해 주는 사람에게 쉽게 끌린다.

7. AB형 여자는 서서히 사랑에 빠진다. 좋아하는 남자가 생겨도 적극적으로 어필하지 않는다. 어떻게 보면 짝사랑을 즐기는 타입.

8. AB형 여자는 좋게 말하면 평화주의자다. 사랑의 라이벌이 나타나면 먼저 포기하는 경우가 많다.

9. AB형 여자는 상대가 볼 때 가끔 돌발행동을 한다. 평소 냉정하게 대하다가 갑자기 저녁 식사를 제안하는 식이다. 하지만 싫어하는 사람에게는 돌발행동은 하지 않으니 평소 관심이 있었다고 이해하면 된다.

10. 사랑에 빠지는 데는 오래 걸리지만 금방 질리는 경향이 있다. 긴 시간 지켜본 사람이 실망스러운 언행을 하는 순간 사랑이 식어버린다.

010

A형 여자 한방 정리-
이게 바로 A형 여자다!

1. 일편단심인 여자

2. 변덕이 심한 여자

3. 소심한 여자

4. 싫은 건 진짜 싫은 여자

5. 작은 일에도 감동받는 여자

6. 자존심이 강한 여자

7. 낯가림이 심한 여자

8. 웃음이 많은 여자

9. 구속받기 싫은 여자

10. 미련이 많아 쉽게 포기 못하는 여자

11. 의리 있는 여자

12. 이별에 많은 시간이 필요한 여자

13. 애교가 없는 여자

14. 사랑 표현에 서투른 여자

15. 눈치가 빠른 여자

16. 한 남자만 바라보는 여자

17. 천천히 서로를 알아가는 걸 좋아하는 여자

18. 자기 보호본능이 강한 여자

19. 규칙을 중요하게 생각하는 여자

20. 조금은 완벽주의적인 성향을 갖고 있는 여자

21. 때로는 너무 자신을 보호하다 좋은 사람을 놓치는 여자

22. 배려심이 많은 여자

23. 항상 행복을 꿈꾸는 여자

011

B형 여자 한방 정리-
이게 바로 B형 여자다!

1. 잠이 많은 여자

2. 겁이 많은 여자

3. 전화 통화하는 걸 좋아하는 여자

4. 슬픈 노래를 좋아하는 여자

5. 질투가 많은 여자

6. 강한척하지만 속마음은 여린 여자

7. 사람 말 쉽게 믿는 여자

8. 눈물도 웃음도 많은 감성적인 여자

9. 비밀이 많은 여자

10. 사랑에 있어서는 잘못해놓고 돌아서서 후회하는 여자

11. 투정쟁이에 앙탈이 심한 여자

12. 술자리 분위기만 좋아하는 여자

13. 얘기하기 좋아하는 여자

14. 슬픔이 많아서 슬픔을 감추려고 자꾸 웃는 여자

15. 꿈이 큰 여자

16. 정이 많아 상처받는 여자

17. 말썽꾸러기에 욕심 많은 여자

18. 외로움 많이 타는 여자

19. 여전히 노는 게 좋은 여자

20. 장난기 많은 개구쟁이 같은 여자

21. 호기심이 너무 많아 엉뚱한 여자

22. 좋아도 좋다고 겉으로 표현 못 하는 여자

23. 무조건 나밖에 모르는 여자

012
O형 여자 한방 정리-
이게 바로 O형 여자다!

1. 애정이 강한 여자

2. 성실한 여자

3. 재치가 있고 활발한 여자

4. 남의 일을 자기 일처럼 도와주는 여자

5. 엄살이 심한 여자

6. 보기는 강하지만 속은 여린 여자

7. 순발력 있는 여자

8. 깜짝 파티나 선물하는 것을 좋아하는 여자

9. 상처를 잘 받는 여자

10. 화를 잘 내지 않는 여자

11. 이별해도 잘 견디는 여자

12. 깔끔하고 냄새나는 걸 싫어하는 여자

13. 먹는 것을 너무 좋아하는 여자

14. 가족애를 중시하는 여자

15. 칭찬받는 걸 무척 좋아하는 여자

16. 운동신경이 좋은 여자

17. 늙어서도 정열적인 사랑을 원하는 여자

18. 할 말은 꼭 해야 직성이 풀리는 여자

19. 한 남자를 목숨 바쳐 사랑하는 여자

20. 가식이 없는 여자

21. 위기 대처능력이 뛰어난 여자

22. 약간의 다혈질 성격을 가진 여자

23. 사람을 한번 믿으면 끝까지 믿는 여자

013

AB형 여자 한방 정리-
이게 바로 AB형 여자다!

1. 웃는 남자 모습에 잘 반하는 여자

2. 겉으로는 차갑지만 속은 의외로 소심한 여자

3. 귀차니즘으로 무장한 여자

4. 상상력이 뛰어난 여자

5. 고독을 즐기는 여자

6. 자신의 영역에 누군가 침입하는 걸 싫어하는 여자

7. 잠이 정말 많은 여자

8. 충동구매를 잘하는 여자

9. 혼자 있는 걸 즐기는 여자

10. 더러운 걸 싫어하는 여자

11. 느끼한 남자를 정말 싫어하는 여자

12. 현실적인 여자

13. 사랑 표현에 서투른 여자

14. 한 가지를 파고드는 걸 즐기는 여자

15. 고지식한 면이 있는 여자

16. 연락을 자주 하지 않는 여자

17. 모든 인연을 소중히 여기는 여자

18. 자기 관리가 철저한 여자

19. 사랑이 다가오기를 기다리는 여자

20. 첫눈에 사랑에 빠지지 않는 여자

21. 아기자기한 것을 좋아하는 여자

22. 호기심과 욕심이 많은 여자

23. 포기가 빠른 여자

014
단점인 듯 단점 아닌
A형의 10가지 특성

1. 결혼할 사람 아니면 연애에 올인하지 않음

2. 안정을 추구해 변화에 소극적

3. 사소한 것까지 다 신경 쓰는 걱정인형

4. 지나치게 남의 눈치를 봄

5. 감정을 꾹꾹 쌓아두다 어느 순간 폭발

6. 이성에 대한 기준이 높음

7. 술을 좋아함. 스트레스 받으면 술로 품

8. 결정적인 순간 냉정함

9. 애인이 생겨도 기존 이성들과의 관계를 유지

10. 상대의 사소한 것까지 기억하는 디테일함

015
단점인 듯 단점 아닌 B형의 10가지 특징

1. 때때로 돌아이 모드 발동

2. 열받으면 인정사정없음

3. 어디에 있든 고독함. 고독을 즐김

4. 선천적 귀차니즘

5. 숨길 수 없는 바람기

6. 남의 일에 큰 관심 없음

7. 상대 입장을 이해는 해도 양보는 하지 않음

8. 자존심 무지 셈

9. 즉흥적이라 큰 실수를 종종 함

10. 멍 때리는 시간이 많음. 멍 때리는 걸 즐김

016
단점인 듯 단점 아닌 O형의 10가지 특징

1. 외로움을 너무 잘 탐

2. 가끔 뻔뻔함

3. 보수적 권위적

4. 허세 조금

5. 연애할 때 금방 끓고 금방 식음

6.외모 중시

7. 능수능란한 언변

8. 금사빠 많음

9. 가끔 폭력적

10. 치밀한 성격. 말싸움 백전백승

017

단점인 듯 단점 아닌 AB형의 10가지 특징

1. 사람마다 개성이 강해 가장 알기 힘든 혈액형

2. 그냥 돌아이

3. 급 잠수타는 스타일

4.B형과 동급의 귀차니즘

5. 속을 알 수 없음

6. 같이 일하기 힘든 스타일

7. 신비주의

8. 자기 고집이 엄청 셈. 양보란 없음

9. 연인에게도 완전히 마음을 열지 않음

10. 잔머리 대왕

018

A형 여자와 행복하게 연애하는 10가지 방법

1. 거짓말은 절대 금물

성실하고 진지한 A형 여자는 남자의 거짓말에 더 크게 실망한다. 거짓말을 할 바에는 먼저 사정을 얘기하고 이해를 구하는 게 낫다.

2.'괜찮아'라는 말의 이면을 읽자

거절이 서툰 A형 여자는 뭔가 마음에 들지 않아도 '싫다'라고 말하지 못한다. A형 여자의 '괜찮아'를 그대로 받아들이지 않고 센스 있게 그녀의 본심을 꿰뚫고 적절한 배려를 한다면 A형 여자의 사랑을 받을 수 있다.

3. 논리로 설득

A형 여자는 문제가 있을 때 자신이 이해하지 못하면 대충 넘

어가지 않는다. 감정에 호소하는 것도 효과가 없다. 문제에 대해 꾸준히 대화하고 논리적으로 설득하려고 노력하는 것이 중요하다.

4. 서프라이즈 이벤트에 약하다

A형 여자는 남자의 작은 말실수에 상처받는 반면 작은 이벤트에 크게 감동하는 경향이 있다. 하지만 눈치가 빨라 완벽한 서프라이즈를 위해 치밀한 연출이 필요하다.

5.A형 여자에게 맞춰줘야

A형 여자는 리더 타입으로 남자친구와의 관계도 본인이 주도권을 갖고 싶어 한다. A형 여자와 행복한 연애를 하기 위해서는 A형 여자에게 잘 맞춰줄 수 있는 남자가 되어야 한다.

6. 지각은 절대 피해야

시간 약속에 엄격한 A형 여자는 남자의 지각을 정말 싫어한다. 그녀와 데이트 약속에 늦는 건 절대 피해야 할 일이다.

7. 자주자주 칭찬하기

A형 여자는 자신을 보는 타인의 시선에 민감하다. A형 여자의 장점을 자주 얘기하고 그녀를 인정하는 모습을 보이면 A형 여자의 마음을 얻을 수 있다.

8. 자주자주 연락하기

소심한 A형 여자는 연락이 뜸한 것만으로도 남자의 바람이나 변심을 걱정한다. 그녀가 불안하지 않게 자주 연락하는 것이 행복한 연애를 하는 방법이다.

9. 숨은 노력 인정해 주기

성실한 A형 여자는 일이든 사랑이든 꾸준히 자신의 노력을 다한다. 하지만 이를 드러내는 데 능숙하지 않아 종종 손해를 보기도 한다. A형 여자의 숨은 노력을 알아채고 이를 인정해 주면 그녀에게 큰 감동을 줄 수 있다.

10. 질투를 관심으로 이해하기

독점욕이 강한 A형 여자는 남자의 작은 무관심에도 상처받고 질투를 느낀다. 하지만 관심 없는 사람에게는 철저하게 무관심한 게 A형 여자다. 그녀의 질투를 관심으로 이해하는 넓은 마음이 필요하다.

019

B형 여자와 행복하게 연애하는 10가지 방법

1. 구속하지 말고 개성 존중

자기 색깔이 분명한 B형 여자는 자신의 기준에 맞게 여자를 바꾸려는 남자를 용납하지 않는다. B형 여자와 잘 지내려면 그녀의 의견과 개성을 존중할 수 있어야 한다.

2. 고집이 아닌 신념으로 이해하기

자신의 가치관이 확고한 B형 여자는 종종 고집이 세다는 오해를 받는다. '대충대충'보다는 '딱 부러지는 걸' 좋아하지만 합리적인 지적에는 귀 기울이는 포용력도 있다. B형 여자의 사랑을 받으려면 이런 특성을 고집이 아닌 신념으로 이해해야 한다.

3. 시간을 두고 대화하는

B형 여자는 곧잘 쉽게 흥분하고 화를 내기도 한다. 이럴 때는 잠시 시간을 두고 대화하는 요령이 필요하다. 시간이 지나면 자신의 잘못을 인정하고 합리적으로 갈등을 풀 줄 아는 여자다.

4. 꾸준한 서프라이즈 이벤트

호기심이 왕성하고 끊임없는 새로운 자극을 원하는 B형 여자는 루틴한 데이트가 반복되면 권태기에 빠진다. 꼭 기념일이 아니더라도 서프라이즈 이벤트를 자주 해주면 좀 더 행복한 연애를 할 수 있다. 소소한 이벤트에도 크게 감동하는 게 B형 여자다.

5. 친해지는 데 시간이 필요하다

모든 사람과 친하게 지내는 것 같지만 의외로 낯을 가리고 마음을 여는데 시간이 필요한 게 B형 여자다. 자신의 가족이나 친구와 빨리 친해지지 않는다고 서운해하지 말고 기다려 줘야 한다.

6. 이야기를 잘 들어주는

B형 여자는 외로움을 잘 타는 사람이다. 그녀가 자신의 이야기를 솔직하게 털어놓는 사람은 많지 않다. B형 여자에게 좋은 남자친구는 그녀의 이야기를 잘 들어주는 사람이다.

7. 자신의 감정을 솔직히 얘기하는

누구보다 자기가 사랑하는 남자친구를 소중하게 생각하는 게 B형 여자다. 자신의 감정을 솔직하게 얘기하면 행여 조금 서운해도 순순히 받아들인다. 또 이런 남자친구의 태도에 깊은 신뢰감을 느낀다.

8. 자신의 잘못을 인정하는

무언가 실수를 했을 때 자신의 잘못을 인정하고 용서를 구하면 의외로 쉽게 풀어지는 게 B형 여자다. 남자가 '내가 이것을 잘못했다. 앞으로 이렇게 하겠다'라고 말하면 갈등은 오래가지 않는다.

9. 패션 센스를 칭찬하는

남들과 다름을 추가하는 B형 여자는 옷차림과 헤어스타일 같은 패션 센스를 칭찬받을 때 행복해한다. 그녀의 패션을 인정하고 자주 칭찬해 준다면 B형 여자의 사랑을 받을 수 있다.

10. 함께하는 자세

데이트나 여행 계획을 짤 때 적극적으로 의견을 내는 것이 B형 여자다. 그렇다고 모든 계획을 B형 여자에게 맡기는 것은 절대 피해야 한다. B형 여자는 혼자보다는 함께를 좋아한다.

020
O형 여자와 행복하게 연애하는 10가지 방법

1. 줏대 없는 모습은 삼가자

O형 여자는 자기 가치관이 뚜렷하고 결단력 있는 남자에게 끌린다. 주관 없이 갈팡질팡하는 모습을 보인다면 그녀의 마음을 얻을 수 없다.

2. 성차별 발언 절대 안 됨

O형 여자는 '여자'가 아닌 '개인의 능력'으로 인정받으려는 욕구가 크다. '여자니까', '여자치곤' 등의 말은 그녀에게 더욱 큰 실례다.

3. 가끔은 응석과 애교

모성 본능이 강한 O형 여자에게 가끔 남자친구의 응석과 애교는 무척 사랑스럽다. 단 충분한 신뢰관계를 만든 후 시도하는 것이 좋다.

4. 선물은 허세보다 실용품으로

허례허식이 없는 O형 여자는 예쁘기만 하고 별로 쓸 데는 없는 선물보다는 늘 몸에 지니고 다니며 자주 쓸 수 있는 선물을 더 선호한다.

5. 가족이나 친구 험담은 금기

O형 여자는 가족이나 친구에 대한 애착이 크다. 행여 그녀가 먼저 그들에 대한 불평을 말해도 섣불리 맞장구치면 안 된다. 자기가 말하는 것은 괜찮아도 남이 자기 가족이나 친구를 욕하는 것은 못 참는 게 O형 여자다.

6. 철저한 금전관리

O형 여자는 돈 관리에 철저하고 계획적으로 소비한다. 돈 관리를 못하고 충동적으로 소비하는 남자라면 버릇을 고치는 것이 좋다.

7. 지나치게 꾸미는 남자는 별로

O형 여자는 특이한 개성이나 튀는 외모보다 자연스러운 남자에게 끌린다. 화려한 패션 피플보다는 수수한 훈남을 원한다.

8. 입이 무거운 남자가 되자

O형 여자는 사람 간의 신뢰를 중요하게 여긴다. '너한테만 말하는 건데', '이건 말하면 안 되는 건데' 등의 말은 아예 하지 말자. 이런 말을 하는 남자를 O형 여자는 신뢰하지 않는다.

9. 스킨십은 자주자주

O형 여자는 스킨십을 매우 좋아한다. 언제 어디서든 적당한 수위의 적극적인 스킨십을 할 줄 아는 남자를 좋아한다.

10. 중요한 것부터 하나씩

O형 여자는 많은 것을 한 번에 처리하는 멀티태스킹에 약하다. 여러 가지를 한 번에 부탁하는 것보다 중요한 것부터 차례차례 부탁하는 요령이 필요하다.

021

AB형 여자와 행복하게 연애하는 10가지 방법

1. 서투른 감정 표현도 너그럽게 이해하기

AB형 여자는 자신을 감정을 솔직하게 표현하는데 서투르다. 마음에 없는 말, 조금 심한 말을 하고 후회하기 일쑤다. 그녀의 서툰 감정 표현을 잘 이해해 주는 남자라면 더 행복할 수 있다.

2. 무난함보다는 특별함

개성이 강한 AB형 여자는 연애 상대든, 데이트 코스든 무난하기보다는 특별함을 좋아한다. 단점이 없는 사람보다 한 가지에 특별한 장점을 가진 남자에게 꽂힌다. 그녀의 마음을 얻으려면 자신만의 특별한 매력 어필이 필요하다.

3. 자신을 잘 이해해 준다는 느낌이 중요

강한 개성이 AB형 여자의 장점이지만 이 때문에 종종 쓸 데

없는 오해를 사기도 한다. 이런 오해 없이 자신을 잘 이해한다는 느낌을 주는 남자를 원한다.

4. 마음을 열 때까지 기다려주기

겉에서 보는 AB형 여자는 무척 사교적이지만 사랑에는 진지한 스타일이다. 상대를 관찰하고 자기 속마음을 여는데 시간이 필요하다. AB형 여자의 사랑을 얻기 위해선 차분히 그녀의 마음이 열리기를 기다릴 줄 알아야 한다.

5. 나쁜 남자는 질색

AB형 여자는 친절하고 상냥한 남자에게 끌린다. 츤데레 스타일의 나쁜 남자는 AB형 여자에게는 '노'다.

6. 외롭지 않게 자주자주 애정 표현

개성 강하고 자기주장 확실한 '걸크래시'지만 사실은 외로움을 많이 타는 천상 '여자'다. 항상 생각하고 걱정하고 있다는 애정 표현을 자주 해주는 남자여야 그녀를 행복하게 할 수 있다.

7. 그녀의 관심사를 존중하는 자세

한 가지에 꽂히면 무섭게 열중하는 것이 AB형 여자다. 그녀가 꽂힌 일이나 취미를 함께하거나 옆에서 응원해 줄 수 있는 포용력 있는 남자가 되어야 한다.

8. 끊임없이 자기계발하는 남자

늘 새로운 자극과 경험을 원하는 AB형 여자는 자신을 발전시키기 위한 노력을 게을리하지 않는다. 남자 역시 비전이 확실하고 자기계발에 열심인 사람을 원한다.

9. 박학다식 뇌섹남

호기심이 많은 AB형 여자는 다방면의 지식이 풍부한 남자를 좋아한다. 그녀의 마음을 얻고 싶다면 다방면의 정보를 섭렵해 제공해 주는 것이 좋다.

10. 무관심이 아님을 이해하기

AB형 여자는 다른 혈액형의 여자에 비해 연인의 일거수일투족을 알고 싶은 욕구가 적다. 행여 AB형 여자가 자신에게 관심이 없다고 느껴 서운할 수도 있지만 성향이 그럴 뿐 결코 관심이 없는 게 아니다.

022

B형 여자가 연애에 실패하는 5가지 이유

1. 바보처럼 지나치게 솔직함

유치원생 수준의 솔직함으로 살아온 B형 여자. 자신의 감정을 지나치게 솔직하게 말해 언제나 손해를 본다.

2. 지나치게 적극적

B형 여자는 좋아하는 남자에게 일직선으로 돌진한다. 시간을 갖고 전략적으로 관계를 발전시키지 못해 때로는 남자에게 부담을 준다.

3. 자기중심적 성향

자신의 감정과 욕망을 솔직하게 따르는 것이 B형 여자다. 이런 행동이 주위의 오해를 불러 진심이 제대로 전달되지 않기도 한다.

4. 친해지는데 시간이 필요함

솔직하게 감정을 표현하는 B형 여자지만 정작 사람과 가까워지는 데는 시간이 필요하다. 종종 연애를 결정하기까지 시간을 너무 끌어 인연을 놓치곤 한다.

5. 쉽게 끓고 쉽게 식는다

좋아하는 사랑에게 적극적이지만 좋아하는 사람의 실망스러운 점을 발견하면 쉽게 애정이 식는 것도 B형 여자다. 너무 쉽게 끓고 쉽게 식는 것이 연애를 망친다.

023

나도 질투의 화신? 혈액형별 질투 순위

1위 - O형

상대가 누구든 상관없다. 사람이든 동물이든 연예인이든 게임이든 연인이 좋아하는 모든 것이 질투 대상이다.

2위 - A형

평소 무감각해 보이지만 일단 조금이라도 배신감을 느끼면 걷잡을 수없이 질투가 커진다. 행여 티가 난다면 속마음은 그보다 훨씬 큰 질투심으로 가득하다.

3위 - B형

한번 질투할 때는 물불을 안 가리지만 금세 가라앉는다. 상대를 이해한다기보다 포기가 빠른 스타일.

4위 - AB형

질투심을 느껴도 절대 겉으로 표현하지 않는다. 말을 하지 않아 질투심을 느끼는 지도 모른다. 하지만 복수를 하면 치밀하게 하는 스타일이니 주의가 필요하다.

024
내 남자-내 여자로 만들기 힘든 혈액형 순위

〈남자〉

1위 - O형 남자

얼굴 몸매 성격 다 봄. 일단 얼굴이 별로면 눈길도 안 줌.

2위 - A형 남자

자기는 얼굴 안 본다고 강조하지만 예쁜 여자만 좋아함. 얼굴 오케이면 성격까지만 봄.

3위 - B형 남자

얼굴 혹은 성격 중에 하나만 맞으면 됨. 둘 중 하나만 꽂히면 무조건 이 여자가 최고.

4위 - AB형 남자

자기는 눈 높다고 하는데 옆에서 보면 절대 아님. 콩깍지가 가장 잘 씌는 혈액형.

〈여자〉

1위 - AB형 여자

눈과 콧대 모두 높음. 딱히 뭘 충족해야 한다기 보다 모든 게 완벽해야 함. 유일한 약점은 이벤트에 약하다는 점.

2위 - O형 여자

AB형 여자만큼 눈이 높지만 그래도 중요하게 생각하는 기준이 있어 맞추기 그나마 나음. 정에 약해 열 번 찍으면 넘어가는 경우도 있음.

3위 - A형 여자

얼굴에는 너그럽지만 성격은 까다롭다. 잘생긴 남자도 인간성 별로면 노노.

4위 - B형 여자

남자에 대해 너그러움. 비호감만 아니라면 사귈 의향 있음. 하지만 사귄다고 끝이 아님. 연애 초반 확신을 못 주면 바로 끝.

넌 이제 사랑만 하면 돼

초판 1쇄 발행 2020년 7월 6일
초판 2쇄 발행 2022년 2월 10일

지은이 김노벨
발행인 정진욱
편집 윤하루
디자인 한그림
발행처 라디오북

출판등록 2018년 7월 18일 제 2018-000161호
주소 (07295)서울시 영등포구 문래로 20길 14
전화 0507-1360-8765
팩스 050-7078-8765
이메일 hello.radiobook@gmail.com

ISBN 979-11-90836-40-1(03810)
값 15,000원

*라디오북은 라디오데이즈의 출판 전문 브랜드입니다.